imaginist

想象另一种可能

理
想
国

imaginist

上帝之子

Child of God

CORMAC McCARTHY

[美] 科马克·麦卡锡 著
杨逸 译

河南文艺出版社
·郑州·

1

晨曦之中，他们坐着车穿过长满须芒草的洼地翻山而来，看上去像是一群在狂欢节上表演节目的艺人。卡车碾过地面的车辙时不住地颠簸摇摆，后厢里坐在椅子上的音乐家们正忍着身体的晃动给自己的乐器调音；怀抱吉他的胖男人咧嘴大笑，冲着后面一辆小汽车上的其他人打手势，又俯身为满脸皱纹的小提琴手弹出一个音，对方一边听一边拧动手中的弦轴。车队在开满花的苹果树下穿行，他们先是经过了一个圆木做的饲料槽，上面用橙色的泥土弥补过缝隙，又涉水驶过一条小河，终于看见一座立在山壁蓝色阴影下的老式木板房。它的上方还有一间谷仓。卡车上的一个男人用拳头敲了敲驾驶室的顶盖，车便停了下来。汽车和卡车接二连三地驶进杂草丛生的院子，人们也走了过去。

谷仓门口，一个男人注视着这个本该寂静无声的田园早晨所发生的一切。这人个子不高，邋遢，胡子拉碴。他踩着一地谷糠，有些暴躁地在灰尘和窗口透进的道道阳光间走动。撒克逊和凯尔特血统。一个上帝的孩子，多半和你一样。黄蜂群穿过谷仓缝隙投下的阶梯状光线，暗影间不断颤动着金色光点，像萤火虫飞舞在屋顶的浓黑幽暗之中。男人叉开腿站住，在黑色的腐殖层上尿出一个深色的水坑，里面漂着一层白沫和些许稻草，打着旋儿。扣好牛仔裤，他开始沿着谷仓墙壁移动，光线下整个人像一把小提琴，贴着墙的那只眼中突然闪过一丝愠怒。

他眨巴着眼睛，站在饲料间的门内。在他身后，厩楼上挂着一条绳子。他那瘦削、胡子拉碴的下巴鼓起又陷下，好像在嚼着什么，但事实并非如此。阳光照射下，他的眼睛快要合上了，透过浮现着蓝色静脉的单薄眼皮，你可以看到眼球在转动，在观察。一个身着蓝色西装的男人在卡车上打着手势。一个柠檬汽水摊位出现了。乐手们奏起一支乡村里尔舞曲，院子里已经站满了人，喇叭里也响起了一些杂音。

好，现在让我们把大伙儿都喊过来，是时候把你们那些银灿灿的闲钱派上用场啦。快到这里来。就是这样。亲爱的小姐，你好吗？好的。是的先生。好的。杰西？你有没有把它……好的。杰西和那帮家伙已经帮想要看看房子里面的客人把门打开了。好的。给我们一分钟准备一下音乐，在拿到图纸之前我们得先把每个人登记好。这位先生？那是什么？好的先生，没错。没错，各位，我们等会儿先拍卖这片空地，然后大家会有机会给这个地方整体出个价。现在路的两边都是要卖的地，一直穿过小河到对面那片小树林。是的先生。我们会直接进入那个环节。

鞠躬，打手势，微笑。手里握着麦克风。拍卖师的声音回荡在山岭上的松林间，听上去含糊又啰唆。多重声音的幻觉，古老废墟中的幽灵合唱。

现在这里也长出一片好林子了。真的是好林子。十几二十年前这边都给砍光了，所以现在这些兴许还算不上什么大树，但你们瞅瞅这里。当你晚上躺在床上睡觉的时候，外面的小树还在那儿生长呢。是的先生。我说的都是掏心窝子的话。它们是这块地上真正的未来。就像你在这个峡谷里其他地方所能找到的一切一样大有可为。可能还会更厉害。朋友们，这样一块地的潜力是没边儿的啊。要是我手头还有钱，铁定自己买了。

我相信你们都知道，我手上的每一分钱都在房地产里。我挣的每个子儿也都是从房地产来的。要是我有一百万，我肯定会在九十天内把每个铜板都投到房子里去。这你们都是知道的呀。这钱除了往上涨以外没别的去处。我衷心地认为，像这样的一块地，绝对能给你带来十个点的回报。没准儿还会更多。也许能有二十个点。你的钱躺在银行里可到不了这个数，这你们都是知道的呀。再没有比房地产更稳妥的投资方式了。土地。你们都清楚，一块钱很快就没有过去值钱了。明年也许就只值五十分。这你们都懂。可是房地产一直都在涨涨涨啊。

朋友们，六年前我叔父要买南边普拉特的那块地时，所有人都劝他别那么干。结果他还是花一万九千五买下了那个农场，还说他知道自己在干什么。后来那边发生了什么，我想你们都清楚。是的先生。卖出了三万八。像这样的一块地嘛……现在它只需要稍作整理。这地方确实有些乱。但是朋友们，你的钱能在这上面翻一番。房地产是最稳健的投资了，尤其是在这种峡谷里。就跟美元一样稳。我说的这些可都是发自肺腑啊。

这些声音飘荡在松林里，好似念诵一支失传的祷文。接着声音停止了。人群中响起一片窃窃私语。拍卖师的话筒已经交给了另一个男人。那个男人说：C B，喊一下那边的警长。

拍卖师向他招招手，然后朝着站在自己面前的一个小个子男人俯下身来，只见他胡子凌乱，手里还攥着一杆来福枪。

莱斯特，你想干什么?

老子早就告诉过你们了。从老子的地盘上滚出去。还有，把这些白痴也带走。

嘴巴放干净点，莱斯特。这儿还有女士在呢。

老子他妈的才不管谁在。

这不是你的地盘。

那就见鬼了。

你已经因为这事儿被关起来过一次了。我看你是又想进去了吧。警长可就站在那边呢。

老子才不管他妈的警长在哪里。老子要你们这帮狗娘养的滚出老子的地盘。你听见没?

拍卖师蹲在卡车的后厢里。他低头看向鞋子，随手从衬板里抄起一块干泥巴。当他抬头再次看向那个持枪的男人时，脸上露出了一丝微笑。他说：莱斯特，你要是不控制一下自己，他们就会把你关进橡胶监狱里去。

男人退后一步，单手持枪。他蜷起身子，几乎蹲伏在地上，他举起那只空着的手，五指张开，伸向人群，仿佛要将他们推开。滚下来。他从牙缝里挤出几个字。

卡车上的男人吐了口唾沫，斜眼看向他。你到底要干吗，莱斯特，打死我吗？又不是我把你的房子拿走的。这是县里干的啊。我不过是被雇来主持拍卖的。

滚下来。

在他身后，乐手们看上去就像是从前县里集市上的射击游戏摊摆出来的瓷像。

C B，他疯了。

C B 说：如果你想打死我，莱斯特，那你就朝这儿开枪吧。我才不会为了你挪到别处去。

打那以后，莱斯特·巴拉德再也没法把头摆正了。他的脖子铁定是从某个角度被撞歪了。我没看到巴斯特打他，但是我看见他躺在地上了。我和警长在一起呢。当时他直挺挺地躺在地上，两眼迷离地朝上看向大家，头上还鼓着一个挺吓人的大包。他就躺在那里，耳朵里还流着血。巴斯特还拿着斧子站在那边。他们把他抬到了县里的车上，C B 继续主持拍卖，就像什么事都没发生一样，不过他确实说了，这事吓跑了一些本来打算出价的客人，也许这正是莱斯特的目的所在，我不知道是不是真的。约翰·格里尔是从北面的格伦杰县来的。倒不是要说他的坏话，但这是事实。

巴拉德来的时候，弗雷德·柯比还像往常一样蹲在自家前院的水龙头旁。巴拉德站在马路中间，抬头看向他，说了句：嗨，弗雷德。

柯比抬起手，点点头。过来，莱斯特，他说。

巴拉德走到陡岸边，抬眼看向柯比坐着的地方。他问：有威士忌吗?

可能有点。

干吗不给我来一瓶。

柯比站起身。巴拉德说：下礼拜我就能把钱付了。柯比又蹲了回去。

我明天就付你钱，巴拉德说。

柯比把头扭向一边，用拇指和食指捏了捏鼻子，往草丛里擤出一团黄鼻涕，又把手指放在牛仔裤的膝盖上蹭了蹭。他的目光越过远处的田野。我不接受赊账，莱斯特，他说。

巴拉德半转过脸去瞅柯比在看什么，可是那边除了大同小异的群山并无他物。他换了下站姿，然后把手伸进了口袋。我能拿东西换吗？他问。

可以考虑。你有啥？

我这儿有把小刀。

我看看。

巴拉德拉开折刀，对准柯比抛了上去。小刀一头扎进柯比脚旁的地里。柯比盯着那刀看了一会儿，伸出手将它拾起，把刀刃放在膝盖上擦了擦，又看了下上面刻着的名字。他把刀合上再拉开，又用它割下了一小片鞋底。行吧，他说。

他站起身，把刀放进口袋里，穿过马路朝河边走去。

巴拉德眼见柯比踢开地上的灌木和忍冬，顺着田埂一路翻找过去。他回头看了一两次，巴拉德赶紧把目光移开，转向远处的青山。

过了一会儿，柯比回来了，手里却没有什么威士忌。他把小刀还给巴拉德。我找不到酒了，他说。

找不到？

是的。

这可真他妈的叫人火大。

回头我再去找点。我藏它的时候恐怕喝高了。

你把它藏在哪儿了？

我不知道。我以为我能一下子找到，我肯定没把它放在我以为的地方。

好吧，见鬼。

找不到的话，我就再弄些回来。

巴拉德把小刀放回口袋，转过身，回到路上往前走了。

屋外的茅房只剩下一堆软绵绵的碎木片，长满了青绿色的苔藓，支离破碎地散落在地上一个长满巨型杂草的浅坑里。巴拉德经过这里，径直往谷仓后面走去，一丛丛曼陀罗和龙葵中间已经被他踩出了一片空地，他找了个位置蹲下，开始拉屎。一只鸟在热得冒烟的羊齿草中鸣叫。鸟飞走了。他用一根棍子把屁股蹭干净，将褪到地上的裤子提了起来。深色粗粝的粪便上已经爬满了绿头苍蝇。他扣好裤子，向屋内走去。

这屋子有两个房间。每个房间有两扇窗。从屋子的后面望出去，能看到一堵严严实实的草墙，足有屋檐那么高。屋前门廊的草更多。四分之一英里开外，马路上的旅客便只能看到摇摇欲坠的灰色屋顶和烟筒，再无其他。巴拉德在草丛里踩出了一条通向后门的小道。门廊的角落里挂着个马蜂窝，他敲了下来。马蜂接二连三地飞离蜂巢。巴拉德进到屋内，开始用一块硬纸板扫地。他清走了旧报纸，扫掉狐狸和负鼠的干粪便，又把从板条屋顶掉下来的砖色小泥块扫了出去，那上面还粘着虫蛹的黑色外壳。他关上窗户。一块玻璃从干窗框上悄无声息地斜挂下来，落进他的手里。他顺手搁在了窗台上。

壁炉里堆着砖头和灰浆黏土。半个铁制柴架。他先把砖头丢了出去，又将黏土扫掉，然后趴在地上，伸长了脖子看向上方的烟道。管道里湿乎乎的，一小团光亮处挂着一只蜘蛛。一股难闻的泥土和陈年烟熏的味道。他拿来几张报纸揉成团，丢进壁炉里点起火来。火烧得很慢。微弱的火焰发出噼啪声，沿着纸团的边缘啃噬。纸慢慢变黑，颤抖着卷起，那蜘蛛顺着一条蛛丝爬下，蜷缩在积满灰的壁炉底部，一动不动了。

傍晚时分，一块又小又薄又脏的棉布床垫穿过矮丛林，朝着小屋的方向移动过来。床垫搭在莱斯特·巴拉德的脑袋和肩膀上，闷住了他不断咒骂脚下菝葜树与黑莓丛的声音。

等到了小屋，他赶紧把床垫从身上扔到地上。床垫下方立马腾起了一圈灰尘，沿着凹凸不平的地板向外翻滚，最终消于无形。巴拉德撩起上衣的前襟擦去脸上和额前的汗水。他看上去快疯了。

天黑时分，在这个废弃的房间里，他已经把全部身家堆在了自己的周围，他点起一盏灯，放到地板中央，盘腿坐在灯前。他把土豆片穿在衣架上，放到玻璃灯罩上烘烤。就在土豆快要变成黑色的时候，他用刀将它们从铁丝上扒进盘子里，然后叉起一片，吹了吹，放到嘴里。他坐在那里，嘴巴大张，一吸一呼，那片土豆在他的下牙上跳来跳去。他一边嚼，一边狠狠地骂土豆烫得要命。这玩意儿中间还是生的，吃起来一股煤油味。

吃完土豆，他给自己卷了根烟，凑到灯罩边跳动的火苗上点着，便坐在那里狠命抽起来，任由烟雾在嘴唇和鼻孔间缠绕，时而懒洋洋地用小拇指把烟灰弹进裤脚卷边。他把收集来的报纸展平，咕咕哝哝地说着些什么。报上都是些旧闻，不是死了很久的人，就是已经被忘却的事情，还有专利药品和待售牲口的广告。他把这根烟抽到几乎全变成了烟灰，手指也快要被烟蒂烧到。在那之后，他调暗灯光，只余一丝微亮将烟筒下方的炉腔染成橙色，接着他脱掉工装鞋、裤子和上衣，只穿着袜子，赤条条地躺倒在床垫上。猎人们早就把内墙上的大多数板条剥下来当柴烧掉了，窗户上方光秃秃的过梁上搭着一条黑蛇的部分肚子和尾巴。巴拉德坐起身，重新调亮灯。他下床站起来，伸出手指戳了一下那条蛇蓝灰色的腹部。它猛地朝前一蹿，扑通一声掉在地板上，飞快地寻找起逃生的路线，就像一道墨水在水沟里划过，它找到门口，游了出去。巴拉德坐回到床垫上，把灯调暗后就又躺下了。房间里闷热且寂静，他能听到蚊子嗡嗡地朝他飞来。他躺在那里听着。过了一会儿，他翻了个身，脸朝下趴着。又过了一会儿，他起身拿来了靠在壁炉旁的来福枪，挨着床垫放到地板上，这才又四仰八叉地躺下。他感到异常口渴。当晚，他像个死人似的张着嘴躺在那里，梦里有一股股冰冷的黑色山泉淌过。

我想起了他做过的一件事。我和他一起念的十年级。在学校我坐在他前面。那次他丢了一只棒球，球顺着马路滚进了这片田里……一直滚到一大片像是荆棘的树丛里，他叫芬尼家的男孩去替他捡球。那男孩比他还小一点。他跟他说：去把棒球捡回来。芬尼家的男孩不想去。于是莱斯特走到他面前说：你最好去捡球。那男孩说他不打算去，莱斯特便又命令了他一次：你要是不下到那边去给我捡球，我就把你打得满地找牙。芬尼家的男孩害怕了，但还是仰着脸，跟莱斯特说不是他把球抛到那边去的。你看，我们刚才可是一直按照你的意思站在那边的。巴拉德本可以让这件事就这么过去。他看出那男孩并不想照他的吩咐去做。但他在那里站了一分钟，然后一拳打在对方脸上。

鲜血立刻从芬尼家男孩的鼻子里流了下来，人也倒在了路中间。过了一会儿，他从地上爬了起来。有人递给他一块帕子，他把它按在了鼻子上。那鼻子彻底肿了，不停地流血。男孩看了看莱斯特·巴拉德，沿着马路走远了。我觉得，我觉得……我不知道那算什么。我们就感觉真糟糕啊。从那以后，我就对莱斯特·巴拉德一点好感都没有了。以前我也没有多喜欢他。对我来说，他根本就是个路人。

潮湿的夜气中，巴拉德贴在地上，心脏怦怦直跳。这里是蛙山山路的拐弯处，透过山坡边缘稀稀疏疏的斜生杂草，他紧盯着一辆泊在路边的汽车。车内，一个烟头忽明忽暗地闪烁着，深夜电台传来主持人漫不经心闲聊的声音，像是正在解说后排座位上的香艳场景。一只啤酒罐哐啷啷地在石子路上滚动。知更鸟立刻停止了歌唱。

他猫着腰从路旁大步跑出，黑色的身影笼上了汽车冰冷且积满灰的后翼子板。他的呼吸浅快，双目圆睁，两耳竖起，分辨着车内人和电台节目的声音。博比。一个女声喊道。紧接着，她又喊了一遍。

巴拉德将耳朵贴上后侧围板。汽车开始轻微地振动。他直起身子，大着胆子用一只眼睛从车窗角落往里偷看。只见车内两条雪白的大腿肆意叉开，缠绕在一个黑影之上，活脱脱一个耽迷在欲望之梦中的黑色梦淫妖。

是个黑鬼，巴拉德嘀咕道。

哦，博比，哦，上帝啊，女孩呻吟道。

巴拉德这时已经解开了裤子纽扣，把自己贴在翼子板上。

哦，该死，女孩又说。

窥视者半蹲着身子。知更鸟又开始叫了。

一个黑鬼，巴拉德自言自语道。

赫然出现在窗户上的却不是一张黑色的脸，隔着玻璃看起来特别巨大。有那么一刻他们面面相觑，巴拉德跌倒在地，心脏剧烈地跳动起来。电台音乐随着轻轻的咔嗒一声戛然而止，再也没有响起。这时，有人推开了另一侧的车门。

巴拉德仓皇地沿着原路通过山口的转弯处逃走了，他在泥土和细石铺就的路面疾跑，脚下不断跨过踩扁的啤酒罐、废纸和烂掉的安全套，活像一只误入此地但无人关爱的猿猴。

你最好滚远点，狗娘养的东西。

这声音被山体阻挡，反射回来时已经微弱不清，显得毫无威胁。然后，四下里变得寂静无声，唯有忍冬还怒放在仲夏的夜幕之中。汽车发动了起来。车灯亮起，随着车头掉转画了一个圈，沿着山路开下山去了。

我不知道。他们说自打他爹自杀之后他就变得不正常了。巴拉德家只有他这么一个儿子。他妈跑了，我不知道她去哪儿了或者跟谁跑了。是我和塞西尔·爱德华兹割断绳子放他下来的。当时他到店里来，说起这事就像在说外面下雨了。我们就到他家去了，一进谷仓就看到那男人的脚悬在空中。我们赶紧割断绳子，让他掉到地上，就像割下了一块肉。他就站在那里看着，什么也不说。那时他差不多九、十岁的样子。老家伙的眼珠像小龙虾那般凸在了眼眶外面，舌头发黑，跟松狮一样。我当时就想，要是有人想上吊，他最好先用点毒药之类的东西，这样人们就不必看见这种惨状了。

格里尔搞定他的时候，他看上去太不正常了。

可不是嘛。不过，我一点也不介意见点儿血。我情愿是那种情况，也不要看到眼珠挂在脸上。

我再跟你讲讲老格雷沙姆老婆死的时候他都干了点啥吧，他可疯狂了。他们把她埋在六英里镇，牧师先讲了几句话，然后问格雷沙姆要不要在他们填土之前也说几句，老格雷沙姆于是站了起来，手里还捏着自己的帽子。他站在那里，唱了一首狗屁不通的布鲁斯。真的是狗屁不通。我是真的搞不懂那歌在讲什么，他倒是清楚，唱完了一整首才坐了回去。不过要说疯狂，他可是一点也比不上莱斯特·巴拉德。

要是这世上还有夜色更深的地方，他肯定早就找到了那里。在这个废弃的小屋里，与他共处一室的还有无数嚁嚁鸣叫的黑蟋蟀，他躺在那里，听着这刺耳的声音，不得已用手指堵住了耳朵。一天夜里，就在躺下快要睡着的时候，他听见什么东西在房里蹿来蹿去，幽灵一般（这是他挣扎着坐起时看见的）从打开的窗户跳了出去。他坐在那里找了一圈，但那玩意儿已经不见了。他能听见猎狐犬奋力追赶猎物的声音，饱经折磨的哀号和近乎凄痛的尖叫响彻了山中的溪地与峡谷。它们乱糟糟地拥进屋前的院子里，发出女高音般的号叫，还把大片草丛踩倒在地。巴拉德赤裸地站起身，借着惨白的星光，看见前门位置从门槛往里挤满了狂吠的猎狗。它们在那里逗留了一会儿，斑纹皮毛下的骨架强劲地跳动着，之后低头爬进房间，一只接着一只地在屋内绕行一周，嗓门还越来越大，后来它们又开始拆窗户，嘴里还不住地叫嚣，先是窗棂被叼走了，然后窗扇也被扯掉了，最后墙上就只剩下一个方形的洞口。猎犬们的这番动静闹得巴拉德耳朵里嗡嗡直响，就在他站在那儿咒骂这群狗的时候，又有两只从门口进来了。他一脚踢在一只正从他面前经过的狗身上，光溜溜的脚趾磕在那瘦骨嶙峋的屁股上，痛得他尖叫起来，抬着一条腿在房间里跳来跳去，而就在这时，最后一条狗走进了房间。他摔在它身上，一把抓住了它的后腿。那狗立刻发出了乞怜的呜咽。巴拉德挥起拳头，胡乱将狗打了一顿，鼓点般的捶击声在近乎空旷的房间里回荡，同时响起的还有歇斯底里的叫骂和绝望的哀号。

沿着采石场树林里的小道一路向上，到处是巨大的石块和石碑，历经风吹日晒变得灰扑扑的，上面还长着深绿色的苔藓，树木间有石柱被推倒在地，一地藤蔓好似远古人类留下的踪迹。这是夏日里的一个雨天。他路过一片墨玉般的寂静黑湖，几面苔藓覆盖的围墙笔直地立在水边，一只小小的青鸟有气无力地斜坐在一根钢丝绳上。

巴拉德端平枪，瞄准那只小鸟，但是一种由来已久的不祥预感突然来袭，他便停下了手里的动作。那鸟似乎也有所觉察。它飞走了。身影缩小。越来越小。消失了。林子里万籁俱寂。巴拉德用大拇指指腹扳下击锤，像背着个枷锁似的把枪搁在脖子上，他把两只手分别挂在枪管和枪托上，然后抬脚走上采石场的小道。泥地上散落着许多扁罐头盒和碎玻璃。灌木丛中满是垃圾。一座屋顶出现在林子的另一端，烟筒里还冒着烟。他走进一片空地，路的两边各停着一辆四脚朝天的汽车，就像是喝得烂醉的哨兵，他从巨大的垃圾堆旁走过，走向垃圾场边缘的小棚屋。一群花色各异的小猫一边晒着微弱的阳光，一边注视着他前进。巴拉德用枪指着一只体格较大的斑纹汤姆猫，嘴里发出“砰”的声音。那只猫看着他，兴趣寥寥。它似乎觉得他脑袋不太灵光。巴拉德朝它吐了口唾沫，它立刻举起一只沉重的前爪把唾沫从头上抹去，然后开始擦那个污渍。巴拉德继续往前走，一路都穿行在垃圾和汽车零件中间。

垃圾场看门人生了九个女儿，他在自己捡的垃圾中找到了一本老旧的医药词典，便用那里面的词条给女儿们起了名字。这些黑发长及腋窝、瘦高难看的小崽子们每天就待在垃圾堆里清出的一小块空地上，睁着双眼懒洋洋地坐在椅子和板条箱上，而她们那忙碌的母兽会依次喊她们去帮忙做家务，她们也就一个接着一个地耸耸肩膀，动动慵懒的眼皮。其中三个女孩名叫“尿道”尤瑞瑟拉（Urethra）、“小脑”赛瑞贝拉（Cerebella）、“疝气”赫尼亚·苏（Hernia Sue）。她们像猫一样移动，像发情的猫一样吸引着情郎们从四面八方来到她们所在的垃圾堆，这种风气直到她们的老爹夜里拿着霰弹枪出来乱射一气才有所收敛。他搞不清哪个女儿年纪最大，哪个又是什么年纪，他不知道她们是否应该和男孩们出去。她们像猫一般觉察到他缺乏决心，便成天搭着形形色色的小车到处鬼混，弄得这地方就像一座旋转木马，只不过上面都是些破破烂烂的小轿车和黑乎乎的敞篷车，装饰着蓝点尾灯、镀铬喇叭、狐狸尾巴和巨型骰子，也有在仪表盘上摆着用假皮毛做的恶魔摆件的。这些车都是用零件拼凑起来的，底盘低且容易在车辙上颠簸。车里挤满了瘦高个的乡村大男孩，清一色地长着长长的生殖器和大脚。

她们一个接一个地怀孕。他就揍她们。他的妻子哭了又哭。那个夏天有三个孩子出生。包括两个房间甚至拖车在内的整座房子都人满为患。到处都睡着人。一个女儿带回一个被她称作丈夫的人，但他只待了一两天就再也不见了。十二岁的那个也开始显怀了。屋里空气变得很闷，并且越来越污浊，臭烘烘的。他曾在房间角落里找到一堆破布，里面严严实实地包着一团团黄色的屎。一天，他去到垃圾堆的另一头，在树林的野葛丛中撞见两个正在交合的人。他躲在树后看了一会儿才发现那是他的一个女儿。他试着慢慢靠近他们，但那男孩十分警觉，立马跳起身，从林子里逃走了，裤子都还来不及拉上去。老头开始用随身带着的棍子揍那女孩。她抓住棍子，他便失去了平衡。他们一起摔趴在叶子里。她那肥嫩的下体飘出炽热的腥臭味，桃红色的内裤挂在一丛灌木上。他周围的空气里都带上了一股电流。紧接着他就发现自己的工装裤已经褪到了膝盖下面，人也骑到了女孩身上。爸爸，快住手，她说，爸爸，呜呜。

那小子有没有在你里面来一发？

没有。

他拔出来，握在手中，将精液射在她的大腿上。你这该死的家伙，他骂道，然后站起身，一把提起裤子，像头熊一样慢吞吞地朝垃圾场的方向走去。

接下来是巴拉德。他会从那条小路过来，细眯着眼，脸上刻意摆出一副冷漠的表情，那杆来福枪要么攥在手里，要么扛在肩上。他也会和老头一起坐在庭院里那张臃肿的沙发上，喝着从一只半加仑深的罐子里倒出的廉价威士忌，他们还会在追饮淡酒的时候把一只生土豆前前后后地传来传去，这个时候那些年纪较轻的女孩就躲在棚屋里偷看，嘴里还咯咯直笑。他看上了其中一个金色长发、小腿光滑的姑娘，她坐着的时候总喜欢把两腿叉开，所以能看到底下的内裤。她笑个不停。他从没见她穿过鞋，但内裤却总是不同的颜色，一周七天皆是如此，并且周六总是穿黑色的。

巴拉德经过拖车的时候，这个姑娘正在把洗好的东西挂起来。在她身旁，一个男人坐在一只五十加仑的铁皮桶上，他转过脸，一边斜着眼打量巴拉德，一边和他搭话。女孩朝他噘噘嘴，又眨眨眼，然后把头向后一仰，大笑起来。巴拉德也龇着牙笑，身上的枪筒轻轻叩击着大腿侧面。

怎么了，小糖豆？她说。

你笑啥？

你看啥？

嗨，他肯定是在看那个，那对绝佳的奶子，坐在桶上的男人说。

你想要看这个。

当然，巴拉德说。

给我二十五美分。

我没有那么多钱。

她笑了。

他也站在那里咧着嘴笑。

你有多少？

我有一毛钱。

好吧，去借两分半，我给你看一个。

让我欠着吧，巴拉德说。

什么，你想吹我？女孩说。

我说的是欠，巴拉德说着，脸涨得通红。

坐在桶上的男人啪地拍了下膝盖。我插句话，他说，你有什么能让这位莱斯特先生看一毛钱的吗？

他都看了有五毛钱的啦。

胡说，我啥也没瞧见。

你不用瞧见啥，她说道，弯腰从洗碗盆里捞出一块湿布，将它抖开。巴拉德想顺着姑娘裙子的领口往里看。她直起身。就想让你的老二硬一下，她一边说一边转过身去，突然间又爆发出那种近乎疯狂的大笑。

谁说小猫咪就不咬人的，对吧，莱斯特？

我才没时间和你们胡闹呢，女孩说着，嬉笑着转身，拿起一只平底锅。她撅起屁股，把锅挡在上面，眼睛看着他们。小拖车的另一边，老头滚着一只轮胎走了过来，一堆旧橡胶正在熊熊燃烧，熔渣堆里升起一炷令人作呕的恶臭黑烟。糟了，她说，要是你们被这玩意儿砸一下，以后可就再也爽不起来了。

他们目送她信步走向山坡上的棚屋。我倒愿意冒个险，那男人说，你呢，莱斯特?

巴拉德说他也愿意。

在六英里镇教堂，礼拜开始之后只要有人开门，会众们就会像一个木偶团似的齐刷刷地掉头去看。巴拉德拿着帽子走进教堂，他关好门，独自坐在后排的长凳上，见此情景人们都放慢了转回身去的速度。人群中迅速响起一片窃窃私语。牧师停止了布道。为了掩饰自己的失语，他拿起讲台上的水罐给自己倒了杯水，喝了一口，又把杯子放了回去，擦了擦嘴。

兄弟们，他继续开讲。可这些圣经经文在巴拉德看来无疑是胡说八道，于是他开始看教堂后面告示板上张贴着的那些公告。本周捐献明细。上周捐献明细。六美元七十四美分。出席人数。一只啄木鸟重重地啄着屋外的排水管，那些神经紧绷的脑袋立刻偏过头去，转向那鸟，像是要叫它肃静。巴拉德感冒了，整场礼拜都在大声地吸着鼻子，但谁也不指望他会停下，大家都不去看他，等着上帝亲自回头瞟他一眼。

夏末时节，鲈鱼在溪流中游动。巴拉德躲在灌木丛后，把背阴处的池塘挨个儿探了个究竟。几个星期以来，除了猎到几只青蛙，他一直靠吃偷来的饲料玉米和一些夏天花园里长出来的东西度日。他跪在高高的草丛中，跟清澈溪水中不断划动鱼鳍使自己立在水中的鱼群说话。你们这些狗娘养的肥家伙，他说。

他几乎是飞奔回屋。回来时手里已经拿上了他的那杆枪。他径直走到溪水边，钻进茅草和荆棘丛中，开始放松身体。他朝四个方向分别走了几步，检查太阳光是否会晃到眼睛，手中的来福枪蓄势待发。他盯着河岸那边看了一会儿，先是跪起身，然后又站了起来。只见上游浅滩的下方，沃尔德罗普家的牛群正站在齐肚深的水里。

狗娘养的东西，巴拉德低声骂道。溪水混着泥土，呈现出深红的颜色。他举起枪，端平，开火。牛群猛地掉转了方向，翻着白眼在红色的水中逃窜。其中一只跑上了河岸，脑袋歪成一个奇怪的角度。它在岸上滑了一跤，摔倒在地之后又爬了起来。巴拉德望着它，不由得绷紧了下巴，嘴里嘟囔了一句：该死。

我给你讲讲他以前做的另一件事吧。他弄得一头老母牛不听他的话了，叫她干什么都不行。他对她又推又拽，还拳打脚踢，最后搞得自己筋疲力尽。他去找斯夸尔·赫尔顿借来了拖拉机，先是用绳子套住了母牛的头，然后发动拖拉机，拼了老命地往前开。绳子拉直的时候，那场面就像是要把她的头直直地拽掉。牛还是站在那里，他拉断了她的脖子，弄死了她。你可以问问弗洛伊德是不是这样。

我不知道他手里有沃尔德罗普的什么把柄，他居然从来没有追究过他。据我所知，即使是在巴拉德烧掉了他家的老房子之后，沃尔德罗普也没有因为这事对他说过什么。

讲到这里，我突然想起一两年前特兰萨姆家的男孩赶着一群老公牛到集市上来的事情了。它们站在他身旁，就是不肯走，最后他只好在他们的肚子下面点了一把火。老牛低头看到了火，向外走了五步又退了回来。特兰萨姆家的男孩看见那火直接烧向了牛车车厢的底部，急得大叫，赶紧爬进车厢下面，用帽子扑打火苗，可就在这时，牛群又开始前进了。它们拖着车厢从他身上轧了过去，像是把他的两条腿都轧断了。从没见过有畜生比它们更反复无常的了。

过来，莱斯特。垃圾场看门人说。

巴拉德来了，他根本不需要别人叫他。你好啊，鲁贝尔。他说。

他们坐在沙发上盯着地面看，老头拿着手杖在地上敲来敲去，巴拉德则把来福枪夹在了膝盖中间。

我们什么时候再去打耗子？老头问。

巴拉德吐了口唾沫。随你的便，他说。

他们要把我们从这里带走。

巴拉德把目光转向棚屋，刚才在幽暗中他看到一个半裸的姑娘走过。一个婴儿在大声啼哭。

我想你没有看到她们，是吗？

谁？

赫尼亚和老八。

她们去哪儿了？

我也不知道，老头说，我想，她们离家出走了，都三天了。

那个金发的女孩？

对，她和赫尼亚。我想她们是跟这里的几个小白脸走的。

好吧，巴拉德说。

我不知道是什么让这些女孩变得如此疯狂。她们的祖母可是你能见到的最热衷于教会活动的女人。你去哪儿，莱斯特？

我得走了。

天这么热，最好别走得太急。

好的，巴拉德说，我从这边出去。

要是你看到老鼠，嗨，直接毙了它们。

要是看到的话。

你会的。

一只狗跟在他身后走出了采石场的小路。巴拉德朝它轻轻吹了声口哨，声音有些发干，他又打了个响指，那狗便过来嗅了嗅他的裤脚。过了会儿，他们一道继续上路。

巴拉德顺着巨大的石阶下到采石场干燥的地面上。在他四周，布满细槽和羽状纹钻孔的高大岩壁围成一个巨型竞技场。一辆锈迹斑斑的报废卡车倒在忍冬丛里。他走在波状起伏的石头路面上，脚边净是一些碎石片和碎石块。那卡车看上去就像是被机关枪扫射过。采石场的尽头是一堆瓦砾，巴拉德停下脚步，想找找看有没有可以用的旧工件，他检查了旧炉子和热水器，翻拣自行车零件和腐蚀过的破桶。他抢救出一把用坏的菜刀，把手已经裂了。他唤着那条狗，声音在岩石间传递、回响。

当他再次回到采石场小路时，起风了。某个地方一扇门砰地关上了，空旷的林子里响起一种怪异的声音。巴拉德沿着小路往前走。他来到一间废弃的铁皮屋，在它上方有一座木塔。他抬眼望去。高塔之上，一扇门嘎吱嘎吱地打开又啪地关上。巴拉德看看周围。铁皮屋顶发出哗啦哗啦和砰砰的声音，屋旁的荒地上腾起一片白灰。路上尘土飞扬，巴拉德只好眯起眼睛。待他走到乡间大路时，天已经开始下雨了。他又喊了下那条狗，等了一会儿才继续上路。

一夜之间天气就变了。他从来不知道秋天的天空可以这么蓝。或许是记忆的问题。他在被风刮来刮去的茅草丛中坐了一个钟头，任阳光洒在背上，就像要将温暖储存起来以应对即将到来的冬天。他看到一辆玉米收割机隆隆地从田野里驶过，到了晚上便和鸽群一起到这些支离破碎的玉米秆下捡玉米粒，在天彻底黑下来之前，他已经装了好几袋玉米，并把它们拎到了自己的小屋里。

山坡上的硬木树逐渐转黄染红，最后彻底变成光秃秃的。这年冬天来得很早，黑色枯枝间冷风肆虐。这破屋就只剩一个空壳，孤独的住客透过积满灰的玻璃望着一轮外缘模糊的惨白缺月慢慢袭向山脊上那些黑色的香脂树，墨色的树干似一只手在淡黑色的冬夜天空中随意勾画。

一个活在自己世界里的人。去柯比那儿喝酒的人们会在深夜的路边见他没精打采地独自待着，手里总是攥着那杆来福枪，仿佛那东西令他无法抗拒。

他变得又瘦又凶。

有人说他疯了。

他被灾星缠住了。

他站在十字路口，听其他男人的猎狗在山中吠叫。一些车从他身边驶过，车灯映出令人不快的傲慢身影。高大的老式轿车里坐着肩膀紧绷的男人们，他们身旁摆着枪和威士忌酒罐，龟背形行李箱上蜷缩着专门负责将猎物赶上树的精瘦猎犬，汽车载着他们离开，朝巴拉德身上扬起一团尘灰，他便冲着那些家伙远去的背影发火，时而破口大骂，时而嘴里嘀咕，有时还会向他们吐唾沫。

一个寒冷的早上，他在蛙山山口的转弯处发现一个身着白袍的女士睡倒在树下。他盯着她看了一会儿，想知道她是不是已经死了。他朝她丢了几块石头，一块砸中了她的腿。她重重地翻了个身，头发上满是落叶。他凑得更近了。他能够看到薄薄的睡裙下沉重的乳房摊在胸前，肚子下方是浓密黑亮的毛发。

他跪倒在地，伸手碰碰她。她那原本松弛的嘴巴变得扭曲起来。眼睛也睁开了，像鸟的眸子一样慢慢打开下眼睑，露出布满血丝的眼珠。她猛地坐起，身上散发出一股威士忌的甜劲儿和什么东西腐烂的味道。她的嘴唇像咆哮的猫似的往后一咧。你要干什么？你这狗娘养的，她说。

你不冷吗？

关你屁事。

确实关我屁事。

巴拉德起身，拿着枪站到她的前方。

你的衣服呢？

她站起来，向后趔趄了一下，又重重地坐回落叶堆里。她又爬了起来，摇摇晃晃地站在那里，用那双肿胀且眼皮耷拉的眼睛愤怒地瞪着他。婊子养的，她骂道。同时眼睛向四下张望。她瞅见一块石头，一个箭步冲过去抓住，举在手里和他对峙起来。

巴拉德眯起眼睛。你最好放下那块石头，他说。

你逼我的。

我说放下那玩意儿。

她气势汹汹地将石头往后举了举。巴拉德上前一步。她扔出石头，砸中了他的胸口，自己却用双手捂住了脸。他重重地扇了她一巴掌，打得她背过身去。她说：我就知道你要这样对我。

巴拉德用手摸摸胸口，飞快地向下瞥了一眼，想看看有没有出血，不过什么也没看见。她还把脸埋在手里。他抓住她睡裙的带子，狠狠地拽了一下。这轻薄的衣物滑到了腰间。她放开捧着脸的手，紧紧攥住裙子。她的奶头被冻得发青，硬邦邦地挺着。走开，她说。

巴拉德一把抓住那纤细的布料，将它扯下。女人的双脚从身下露了出来，人也跌坐在被压倒的冻草上。他把衣服折起，夹在手臂下面，往后退了几步。接着他转过身，朝山下走去。她一丝不挂地坐在地上，看着他走远，嘴里变着法子咒骂着这个素不相识的人。

费特人不错。他说话很直接，但我喜欢他。我们一起巡逻过好多次。我记得有一晚，我们在蛙山上，看见一辆车停在山口转弯处，费特用车灯晃了他们一下，然后走了过去。车上那个小伙子一直“是，长官”“不，长官”地答话。他身边有个女孩。费特让他出示驾照，他在车里扒拉了半天，却怎么也找不到皮夹。最后费特命令道：下车。那女孩坐在车里，白得像一张纸。好吧，小伙子说着，打开车门走了出来。费特打量了他一下，然后向我喊道：约翰，过来看看这个。

我走上前去，男青年垂着眼睛站在汽车旁边，警长用手电照着他，也看着下面。我们站在一起朝他下身看去，只见那人裤子里外穿反了，所有口袋都挂在外面，看上去疯狂极了。警长就这么放他走了，还问他能不能这样开车。他就是这么个人。

巴拉德从屋内走到前廊，一个身材瘦削、下巴塌陷的男人正蹲在庭院里等着他。

嗨，达尔法兹尔。

嗨，莱斯特。

他吃力地嚅动着羊骨做的下颌，原来的地方已经被枪打飞了，说起话来就像是含了一嘴的弹珠。

巴拉德走到庭院里，蹲坐在来访者的对面，身子落在脚后跟上。他们俩看上去就像是两个便秘的石像鬼。

听说你在山上转弯处打了那个老娘们儿？

巴拉德吸吸鼻子。什么娘们儿？他问。

就是被落在那边的那个。只穿睡衣的。

巴拉德扯了下松开的鞋底。我见过她，他说。

她去了警长那儿。

是吗?

另一个男人转身吐了口唾沫，又转回来看着巴拉德。他们已经逮捕了普莱斯。

那是你们该当心的事。我跟她一点关系也没有。

她说你有。

这个该死的撒谎精，真是一坨屎。

来访者站起身。我就是觉得应该告诉你一声，他说，你好自为之吧。

塞维尔县的警长走出法院，站在门廊处检视前方摆放着长凳的灰色草坪，塞维尔县折刀协会正在那儿集会，削削木头，嘀嘀咕咕，再吐吐口水。他卷了一支烟，先把烟草包放回定制衬衫的胸前口袋，然后点上烟走下了门前的台阶。他眯起眼睛，这是他的标志性动作，看上去就像是在研究这巴掌大的山镇中心早上是什么模样。

一个男人开门喊他，警长转过身去。

吉布森先生正在到处找你，他说。

你不知道我在哪儿。

好的。

科顿到底在哪里？

他去拿车了。

他最好赶紧滚回来。

他从那边过来了，长官。

警长转回身，继续往街道上走。

早安，长官。

早安。

早安，长官。

嗨。你好。

他把烟头弹到街上，跨进车里，拉上车门。早安，长官，开车人说道。

去抓那个小杂种，警长说。

我和比尔·帕森斯今天早上本来要去打鸟，但我想现在应该不会去了。

比尔·帕森斯？

他养了不少好狗。

是的，他的狗总是最好的。我记得他曾经养过一只叫作苏西的狗，他说那是条极其凶猛的猎鸟犬。他把她从后备箱里放出来，我看了看后说：我觉得苏西不太舒服。他看着那狗，摸了下她的鼻子，说他觉得她挺好的。我告诉他：我觉得她今天真的不舒服。接着我们就出发了，打了一个下午的猎，只杀死了一只鸟。当我们开始往停车的地方走时，比尔说：那个，真搞笑啊，是你看出老苏西今天不舒服。真搞不懂你是怎么发现的。我说：嗯，苏西今天病了。他说：是的，她病了。我又说：苏西昨天也病了。苏西一直在生病。苏西以后也会是病恹恹的。苏西就是条病狗。

四分之一英里外，他看见警长从车上下来走到马路上，他看着他高举着臂肘，在路旁的荆棘和杂草丛中跋涉，一路穿过那些干巴巴的植物筑成的高墙，将它们通通踩在脚下。等他来到小屋的时候，他那熨过的定制布裤已经变得皱巴巴的，还沾满了灰尘。他的脸上挂着枯死的毛刺和种子，表情很是不高兴。

巴拉德站在门廊。

我们走吧，警长说。

去哪儿？

你最好赶紧从门廊滚下来。

巴拉德吐了口唾沫，离开廊柱站直了身子。我以为你们都搞明白了，他一边说一边从台阶上下来，手插在牛仔裤的屁股口袋里。

像你这么悠闲的人，警长说，应该不介意帮我们这些干活的解除一点小误会吧。请吧，先生。

走这边，巴拉德说，这儿有条你不知道的小路。

巴拉德坐在一张上了清漆的橡木转椅里。他仰靠在椅背上。这里用的是碎石纹路的玻璃门。门上的影子越来越大，然后门打开了。一位副警长走进房间，四下张望起来。他的身后跟着一个女人。看到巴拉德时，她开始大笑。巴拉德伸长脖子望向她。她从门外走进来，站在那儿盯着他看。他低头看向自己的膝盖。他开始用手挠那个部位。

警长从桌后站起身。科顿，关上门。

这个狗娘养的，那女人指着巴拉德说，你们到底在哪儿找到他的？

不是他吗？

这个，是吧。他是，是他……我想让你们抓的是另外两个狗东西。这个混蛋嘛……她把手往上一甩，一脸厌恶。

巴拉德把一只脚跟放在地板上蹭着。我啥也没干，他说。

那么你还要不要指控这个人呢？

当然要。

什么罪名？

老天爷，强奸。

巴拉德扯出一个笑来。

还有公击[1]和殴打，你这混蛋。

她就是个该死的老婊子。

老婊子一掌扇在巴拉德嘴上。巴拉德从转椅上站起来，掐住了她的脖子。她抬起膝盖顶在他的大腿根上。两人扭打在一起。他们齐齐向后摔去，打翻了一只铁皮垃圾桶。一个挂满大衣的衣帽架轰然倒地。副警长抓住巴拉德的衣领，拽得他转了个身。那女人还在尖叫。他们三人一起重重地倒在地上。

副警长猛地把巴拉德的手臂扭到后面。他气得脸色铁青。

你这该死的婊子，巴拉德说。

拉住她，警长说，拉开……

副手用一只膝盖抵住巴拉德的后腰。女人已经站起身来，她提着两只胳膊肘，飞起一脚，重重地踢在巴拉德脑袋侧面。

---

[1] 原文有口音：Salt and battery too.

现在轮到这边了，副警长说。她又踢了一脚。他抓住她的脚，她便跌坐在了地板上。见鬼，长官，他说，要么她要么他，你拉住一个，行不？

你们这些狗娘养的，巴拉德骂道。他几乎咆哮起来，你们都该死。

懋烦我[1]，那女人说，我要把这可恶的蠢蛋踢飞。狗娘养的。

他在塞维尔县立监狱待了整整九个日夜。猪油炖白芸豆、水煮蔬菜和白面包做的香肠三明治。巴拉德居然觉得这里的饭菜不错。他甚至喜欢上了局子里的咖啡。

对面牢房里关着一个黑鬼，一天到晚地唱歌。他是个逃犯。过了一两天，巴拉德开始和他说话。他问：你叫什么名字？

约翰，那黑人说，黑鬼约翰。

你从哪儿来？你是个逃犯？

我来自阿拉斯加的派恩布拉夫，我从一切世道常情中逃离。要是来点粉，我就是自己心灵的逃犯。

---

[1] 原文为 Bet me，为 Bite me 的变形。

你是为啥进来的?

我用折刀割掉了一个杂种的脑袋。

巴拉德等着他问自己的罪名，但是对方没有问。过了一会儿他说，他们说我强奸了那个女人。她本来就是个下贱的妓女。

白种娘们儿本来就是祸害。

巴拉德同意他的说法。他觉得自己有过这种想法，但从未听过有人用这种方式讲出来。

黑人坐在床上，前后摇晃，嘴里低声哼唱：

往家飞

像个杂种一样飞

往家飞

我惹的所有麻烦，巴拉德说，总是和威士忌或女人有关，或者是两者皆有。他总是听到男人们这样说。

我惹的所有麻烦总是和被抓有关，黑人说。

过了一周，警长从走廊里过来，带走了那个黑鬼。往家飞，他唱道。

你确实要飞了，警长说，去见你的造物主吧。

像个杂种一样飞，那黑鬼继续唱道。

放轻松，巴拉德喊道。

黑人没有回应说他会还是不会。

翌日，警长又来了，他在巴拉德的牢笼门前停住，朝里望着他。巴拉德也望着他。警长的齿间叼着一根稻草，他把它从嘴里拿出来，然后说：那女人从哪儿来的？

什么女人。

你强奸的那个。

你是说那个老妓女？

是的，那个老妓女。

我不知道，我他妈的怎么会知道她是从哪儿来的。

她是塞维尔县人吗？

我不知道，见鬼。

警长看着他，又把稻草放回嘴里，然后就走了。

第二天早上，狱卒和法警一起来找巴拉德了。

巴拉德，狱卒说。

在。

他跟着法警走过长廊，狱卒跟在他们后面。他们走下台阶，巴拉德靠着铁栏杆扶手放松自己。他们走出监狱，穿过一个停车场走到法庭。

他们把他带到一间空房间里，让他坐在椅子上。他能透过双开门狭窄的缝隙看到些许外面的颜色和动静，模模糊糊地听到一些庭审内容。过了差不多一个小时，法警进来，对巴拉德勾勾手指。巴拉德站起来，穿过那两扇门，坐到了一道小栏杆后面的教堂长凳上。

他听到有人喊他的名字。他闭上眼睛。然后再睁开。一个穿白色衬衫的男人坐在办公桌后看着他，又瞅瞅一些文件，然后望向警长。从什么时候开始的？他问。

已经有一个多星期了。

好吧，那叫他从这儿出去吧。

法警走过来，拉开栏杆的门，俯身对巴拉德说，你可以走了。

巴拉德站起身，从打开的门处走了出去，他穿过房间，朝着一扇透着日光的门走去，接着他穿过大厅，从塞维尔县法庭的正门走出去了。没有人喊他回去。一个流着口水的男人站在门口，伸出一顶油腻腻的帽子指指他，嘴里还嘀嘀咕咕的。巴拉德走下台阶，穿过街道。

他到市区的商店转了转。他去了邮局，翻看那里的一沓海报。上面印着的通缉犯用粗暴阴沉的目光回瞪着他。拥有各种称号的男人。他们的文身。有关逝去爱情的传说被镌刻在注定会腐烂的血肉上。黑豹图纹比比皆是。

警长过来的时候，他正站在街上，双手插在裤子后袋里。

你现在要干什么？警长问。

回家，巴拉德说。

之后呢？接下来你还打算干些什么坏事？

我没这种打算。

我想你应该提前给我们点提示。这样更公平。让我想想看：违抗法庭命令、公共骚乱、袭击他人、蓄意伤害、公开醉酒、强奸。我猜下一个就该是谋杀了？或者说，你已经做了什么我们还没有发现的事情？

我啥也没做，巴拉德说道，都是你乱往我身上扯的。

警长双臂交叉抱在胸前，身体跟着脚后跟轻轻晃动，仔细打量着眼前这个一脸愠色的堕落分子。好吧，他说，我想你最好赶紧滚回家。城里这些人才受不了你这种败类呢。

我又没有问这个狗屁城里的人要东西。

你最好赶紧滚回家，巴拉德。

我见了什么鬼要待在这里，要不是你一直啰唆个不停。

警长从他面前走开。巴拉德继续在街头溜达。走了约半个街区，他回过头去，发现警长还站在那里盯着他看。

长官，请滚回你自己的狗窝吧，他说道。

他还是个孩子的时候就有那把来福枪了。他替惠利那老头装篱笆柱子，一根柱子八分钱，最后买了这把枪。攒够钱的那天上午，就在中间这地方，他告诉我说他不干了。我不记得他具体花了多少钱买的，但我想总得超过七百根柱子吧。

我要讲一件事。老天为证，他真的会打枪。只要能看见，都能打中。有一次，我看见他从一棵大红橡树的树顶上把一只蜘蛛从自己的网里打掉了下来，当时我们到那棵树的距离就跟我们现在到马路那边似的那么远。

还有一次，他们把他从集市上赶走了。不许他再玩射击游戏。

说到集市，我记得许多年前，他们搞来了一个老小子和你比赛打活鸽子。他拿一把来福枪，你拿一把霰弹枪。或者随便别的什么。他准是运来了一卡车的鸽子。他让一个男孩拎了一板条箱的鸽子站到场地中央去，等他一喊，那男孩就放出一只来，他举起来福枪，砰的一声把鸽子打得血肉横飞。先生们，准确地说他能够把鸽子的毛打得乱飞。我们从没见过这种枪法。我们当中有不少挺厉害的打鸟高手，但都在比赛中输了钱，直到我们发现了事情的真相。他的把戏是这样的，那个男孩把鸽子放上天的时候在它们的屁股里塞了小鞭炮。它们像重获自由了一样飞起来，飞得那么高，结果砰的一声，屁股就开了花。他看到羽毛炸飞了，直接开枪就行。你根本不知道发生了什么。哦不，我要收回这句话。最后还是有人发现了。我不记得是谁了。那人抢在那老小子开枪前过去抢走了他的枪，不过那可怜的鸽子还是炸了。所以，他们想给他涂上柏油，再在身上粘满鸽毛。

这又让我想起了他们在纽波特县搞的那次嘉年华。有个人养了一只不知道是猿猴还是大猩猩的玩意儿，站起来可高了。差不多快赶上那边的吉米了。你先戴上拳套，他们会带他过来，把你们一起放进拳台里，如果你能在那里和他待上三分钟，他们就会给你五十块钱。

同去的朋友们不停地忽悠我去参加。当时我手上正好还挽了个小妞，她不停地抬头看我，就像头待宰的小牛。那些家伙继续撺掇我，我想我们是喝了点威士忌，记不太清楚了。总之，我去看了下那只猿，心想：不管怎样，他的块头还没有我大呢。他们用链子把他拴在那里，我记得他坐在小凳上啃着一颗紫甘蓝。我说了句：妈的。然后举起手，告诉那些家伙我要试一试。

于是我们回去戴了拳套，那只猿的主人叮嘱我：不要太用力地打他，不然他会发疯，那你可就真的有麻烦了。我心想：哼，他准是舍不得待会儿给那畜生一顿鞭子。无非是不想让自己亏本罢了。

不管怎样，我走到外面，爬进拳台。我感觉自己就是个白痴，我的伙伴们都在那儿欢呼，我低头看了下和我一起的小妞，狠狠地冲她眨了下眼，就在这时，他们把那只老猿带了出来。他嘴上还戴了口套。他友善地打量了我一下。很快，他们大声报出了我们的名字，又讲了比赛事项，我忘了那老猿叫什么了，然后那个老小子敲响了一个大的开饭铃，我跨出一脚，围着老猿兜起圈子。我给他展示了一些腿脚功夫。他看上去无动于衷，于是我伸出手去，打了他一下。他还是友善地看着我。我就摆好架势，又揍了他一下，正好打在他的脑壳一侧。我打完这下，看见他的头猛地向后倒去，眼神友善得滑稽，于是我说，嗨，嗨，他可真贴心啊。五十块眼看就要到手了。我猫着腰，绕来绕去，又击中了他，可就在这时他腾地跳到我的头上，把脚塞进了我的嘴里，想要撕开我的下巴。我甚至不能大呼救命。我想他们恐怕永远也没法把那东西从我身上弄下来了。

巴拉德混在赶集的人群里小心翼翼地在泥地里穿行。沿着锯末铺就的小路两侧到处是帐篷、彩灯和装棉花糖的圆筒，五颜六色的摊位堆着层层奖品，帐篷绳上挂着各种各样的奖品、洋娃娃和动物。一座摩天轮矗立天际，看上去好似一只花里胡哨的手镯，长着鹰隼般翅膀的小型夜鹰穿梭在高高挂起的频闪灯之间，张开的鸟喙发出诡异的叫声。

细胞状的金鱼在水箱里浮动，他拿着捞鱼网，身子前倾，望向其他捞鱼者。摆摊人把鱼从他们的网里拿出来，念出它们肚皮上的数字，有时他会摇摇头表示一无所获，有时则伸手到摊位下摸出一个小丘比玩偶或者一个塑料小猫。就在他忙得脱不开身的时候，巴拉德旁边的一个老头正试着把两条鱼同时赶到网里。事情并不顺利，于是老头不耐烦了，他把鱼逼到水箱边上，然后将网猛地一提，鱼和水都被泼到了站在边上的一个女人身上，顺着胸口往下淌。她低头看看。金鱼正躺在草丛里。你真是疯了，她说，要不就是喝高了。老头握紧了他的捞鱼网。摆摊人朝他们侧过身来，问道：这边发生什么事了？

我啥也没干，老头说。

巴拉德正在捞鱼，他把它们捞上来，看看奖品上的数字后又抛了回去。那个裙子被打湿了的女人指着他说：那边那个人在作弊。

嗨，老兄，摆摊人说着，伸手去拿他的网。一毛一条，三条两毛五。

我一条还没捞呢，巴拉德说。

你扔回去的都有半打了。

我一条都没捞到，巴拉德说着，攥紧了他的网。

好吧，捞完一条再看其他的。

巴拉德耸耸肩，仔细看了看那些鱼。他捞起其中的一条。

摆摊人接过鱼来看了下说，没中，就把鱼扔回了水箱里，又把捞鱼网从巴拉德手里拿了过来。

我可能还要玩呢，巴拉德说。

那也只是你可能，摆摊人说。

巴拉德像猫那样冷冷地看了那人一眼，往水箱里吐了口口水，转身走了。被泼了水的那女人有些胆战心惊地看着他，眼神里满是辩解之意。巴拉德从她身边经过时咬牙切齿地说道，你真是个多管闲事的老婊子，不是吗？

他一边走路一边拨弄着口袋角落里的那些分币。他被来福枪开火的声音吸引了过去，尽管跟摊贩们招揽顾客的叫嚷声相比那简直算得上是悄无声息。他来到一个热火朝天的摊位，柜台上趴满了长腿男孩。射击室后面嘎吱嘎吱地走出一排踉踉跄跄的机械鸭子，蓄势待发的枪口立刻噼里啪啦地响了起来。

快过来，过来哟，来试试你的技术，顺便赢个大奖，射击摊老板吆喝道，这位先生，要试试吗？

我先看看，巴拉德说，你有什么奖品？

摊贩用他的手杖指着从小到大摆放的几排动物毛绒玩具。最下面这排……他刚要说话。

别管那个，巴拉德说，我要怎样才能搞到后面最大的。

摊贩指着铁丝上挂着的小卡片们。打掉那上面的小红点，他用一种唱歌的语调说着，要是五个都打掉了，你可以选择这儿的任何一种奖品。

巴拉德拿出他的分币。多少钱玩一把？他说。

二十五美分。

他拿出三个一毛钱，摆到柜台上。摊贩举起一把来福枪，往弹匣里装上一铜管子弹。这是一把泵动式来福枪，摊贩用一条链子将它系在了柜台上。

巴拉德把五分钱放回口袋，举起枪。

胳膊肘可以放在柜台上，摊贩说。

我不需要支撑，巴拉德说。他开了五次枪，每轮过后都会把枪身压低一点。打完全部子弹后，他指着空中说道，把那个大熊给我拿来。

摊贩顺着一根铁丝把小卡片拉过来，取下递给巴拉德。所有红色部分都得被打掉才能赢得奖品，他说。他的眼睛看向别处，仿佛完全不是在跟巴拉德说话。

巴拉德拿过卡片，瞅了瞅。你是说这里吗？他说。

所有红色部分都得被打掉。

巴拉德的卡片中间有一个弹孔。孔洞边缘的一侧有一道特别细的红边儿。

嗨，真见鬼，巴拉德说。他把另外三枚硬币拍在柜台上。快来玩吧，摊贩一边说一边给枪上膛。

这次卡片回来的时候，就算是用显微镜也找不到一点红色了。摊贩拿下一只笨重的马海毛做的泰迪熊，可巴拉德又放下了三枚硬币。

他赢了两只熊和一只老虎，也招来了一小群围观者，摊贩赶紧把来福枪从他身边拿走。老兄，就到这儿吧，他有气无力地说。

你又没说能赢几次。

快来玩啊。摊贩又开始招揽客人，下一个谁来？一个人最多赢三个大奖是这儿的规矩。谁是我们下一个大赢家？

巴拉德扛上他的熊和老虎，开始往人群外走。一个女人说，天哪，看看他赢的那些奖品！巴拉德僵硬地报以微笑。年轻女孩们的脸从眼前飘过，温和而光滑，就像奶油一般。一些人盯着他的玩具看。人群移动起来，聚集到一块田地边缘。巴拉德混在乡下人的海洋里看向黑暗之中，某种午夜竞赛即将拉开序幕。

噼啪声中，一道光在田野里亮起，一枚拖着蓝色尾巴的火箭朝着大犬星座轻快地飞去。在距离这些扬起的面孔很高的地方，突然爆裂，点燃的硝化甘油四下喷溅，闪耀着穿过夜幕，划过天空，炙热的光线犹如随意垂下的丝带，很快便燃烧殆尽。

又有一枚烟花升起，发出长长的嗖的一声，飞到高空变成鱼尾的形状。烟花绽放最绚丽的时刻，你还能看到此前消失的火箭图案的影子，空中还飘着一缕黑烟，几道拱形的灰白痕迹向外向下延伸，就像一个巨大的深色美杜莎蹲在那里。光线最亮之际，你能分辨出田间有两个男人正卧在他们的烟花箱上，像刺客又像是去炸桥的。在这些面孔里，你能看到一个小女孩，双眼圆睁，舔着嘴边的焦糖苹果。她那淡色的头发闻起来有股肥皂的味道，稚子之身却流露出数年后才会有的成熟魅力，天空中交织着硫黄燃烧的光芒和类似中世纪游乐场的暗光，她的脸被这些光线照着，显得特别全神贯注。一道长长的烛光斜着划过天际，串起了她眼中的黑色湖泊。她手指紧握。在这片波澜壮阔的硫黄银河下，她看见一个拿着熊的男人盯着自己，便缩了缩身子，向旁边的另一个女孩靠去，又伸出两根手指飞快地捋了捋头发。

巴拉德从暗处走了进来，手里拽着几捆沾满雪的羊齿草。他开始将这些干掉、冻住的东西揉成团，塞进壁炉里。地板上的那盏灯在风中摇曳，烟道里传来风的呜咽。空中落下道道飞雪，穿过墙上的裂缝，在地板上留下斜斜的印迹，冷风则不停地拍打纸板糊成的窗户。巴拉德还抱回了一捆种豆子用的支杆，那是他从谷仓厩楼里偷来的，他把它们一一折断，铺在地上。

生好火后，他拽下工装鞋，竖着放到壁炉前面，又把皱巴巴的袜子从脚上脱下来，铺开烘干。接着他坐在地上擦起枪来，子弹被退到大腿上一一弄干，枪机擦干后又上了油，机匣、枪管、弹匣和机柄也都上了油，做完这些之后他给枪重新装弹，拉动机柄将一颗子弹推进枪膛，然后放下击锤，把枪挨着自己放到了地上。

火里烤出来的玉米面包是一团粗糙的糊糊，简直就是和了水的玉米粉。他心不在焉地嚼着一片没有味道的面包皮，就着些水咽了下去。墙脚边，两只熊和老虎注视着他的一举一动，塑料眼珠在火光的映射下闪闪发光，红通通的法兰绒舌头吐在外面。

一群深色皮毛的猎犬排成一字纵队，在积雪的山岭斜坡上穿行。被追踪的野猪位于它们的下方，离狗群尚有一段距离，他正用冻僵了的古怪四肢沿着山坡往下滑，背拱得挺高，在冬日雪景中显得异常黝黑。猎犬的声音回荡在广袤的灰蓝色虚空中，听上去就像是约德尔歌者的鬼哭狼嚎。

野猪起初并没有打算渡河。等他改变了主意，却为时已晚。当他从河这边的柳树林中钻出来时，全身都滑溜溜地冒着热气，接着他便开始穿越平原。在他身后，那些狗正歇斯底里地从山坡上滚下来，积雪不断地在身边迸开。它们撞进水面，像热石子一样冒起烟来，等到它们走出灌木丛，走上平原，周身都笼罩在一团团苍白的蒸汽之中。

直到被第一只猎犬追上，野猪才转过身来。他蓦地转弯，猛击那狗，又继续前进。猎犬一拥而上，缠住了他的后肢，他转头用剃刀似的獠牙向上挑出，后腿站立向后退去，但那边并无可藏身之处。他继续转弯，却陷入一圈咆哮连连的猎犬的包围之中，于是他瞄准了其中一只，一下跳到它的身上将它死死按住，然后用獠牙对它开膛破肚。可是，当他还想用转弯的法子护住自己侧面时却再也无能为力了。

巴拉德看着它们像跳芭蕾似的滑落，在积雪中翻滚，把泥水搅得到处都是，他看见混战之中诱人的鲜血四下飙溅，飞沫从撕裂的胸肺中涌出，深色心脏流下的血泊里还翻腾着旋涡，等到一片枪声响过，一切就都结束了。一条小猎犬追咬着野猪的耳朵，地上倒着一条死狗，黏糊糊的新鲜内脏堆叠在雪层之上，还有一只猎犬一边哀鸣一边拖拽着死去同伴的尸体。巴拉德把手从口袋里拿出来，拾起靠在树干上的来福枪。远处站着两个全副武装的小人，他们正沿着河流向下游移动，匆忙走进渐渐消逝的天光里。

铁匠铺中几乎漆黑一片，只有屋内深处锻炉里的火焰还在燃烧，发出微弱的亮光，将工作中铁匠巨大的身影投射在他的上方。巴拉德拿着一个捡来的生了锈的斧子头走进铺子。

早，铁匠说道。

早。

有什么事吗？

我有把斧子要磨一磨。

他穿过脏污的地板，走到铁匠面前的铁砧边。屋内墙壁上挂着各式各样的工具。农机和汽车的配件撒得满地都是。

铁匠扬起下巴，看向那个斧子头。这个？他问。

就是这个。

铁匠把斧子头拿在手里翻了个面，说道，这玩意儿磨一磨也没啥用。

没用？

你想用什么来做个斧柄？

我觉得吧，得有一个。

他举起那个斧子头。你不能只磨磨斧子头，他说，你瞧，这也太粗短了。

巴拉德看了看。

要不你等一分钟，我让你看看修理斧头的真正方法，保准比你在那边那家五金店里买到的任何新款都要好用百倍，那都是些什么鬼东西。

我得花多少钱？

你是说加上新斧柄一共吗？

对，算上斧柄。

你付我两块钱吧。

两块。

对，斧柄是一块两毛。

可我只想花差不多两毛五分磨一下斧子头。

那你肯定不会满意的，铁匠说。

我买个新的也只要四块钱。

我情愿要这个，它可比两个新的还好使。

好吧。

想好了吗。

行吧。

铁匠把斧子架到火上，摇动曲柄转了几下。两人眼瞅着黄色的火苗从刀刃底下蹿了出来。

你得一直让火烧得高高的，铁匠说，要比鼓风机口高三四英寸。火苗还得干净，要用没有暴晒过的上等煤。

他用钳子把斧子头翻了个面。第一遍加热的火得是漂亮的黄色，然后再慢慢降下来。这儿还不够热。他讲这些话时特地抬高了声音，然而锻造的过程却很安静。他再次摇动曲柄把手，这回他们看见火焰喷了出来。

不要太快，铁匠说，要慢。这才是正确的煅烧方法。看看这些颜色。万一这里变白了，那可就毁了。现在火候差不多了。

他把斧子头从火里拉出来晃晃，那上面直冒热气，发出半透明的黄光，他把它放到铁砧上。

现在你得注意如何专门处理这些平面部分，他说着，手里提起了锤子，我们先从刀刃部分开始。他挥舞铁锤，重击之下那烧软了的钢件上出现了一个奇怪的灰色圆形印子。等把两面都敲出刃片，他把斧子头重新放回火里。

我们再烧一遍，但这次温度不要那么高。赤红色的火就行了。他把钳子放在铁砧上，双掌重重地在围裙上抹了一下，眼睛却还盯着火焰。看好了这里，他说，钢在火里待的时间千万不能过长。有些人会趁机到周围干点别的，他们煅烧的工具留在火上就会坏掉，正确的做法是在出现美妙的颜色时将它取出。现在我们需要赤红色，得是赤红色。看，就是这时。

他又一次将斧子头夹到铁砧上，刀刃现在是深橘色，面上有一道道烧出的明亮裂纹。

现在趁着第二道火的热度，用锤子从刃片部分一点点地往后敲。

锤子敲击的声音听上去不太像金属。

敲过去大约一英寸。看看它展开的情况。如果承受得住的话，把这里加宽到跟铲子差不多，但是注意千万不要用锤子去敲边边角角，不然敲到了手你还得把皮肉从那上面剥下来。

他毫不费力地稳稳敲着锤子，刃片逐渐冷却，直到它发出的光芒变成一抹淡淡的血色。巴拉德扫视着这家店铺。铁匠把刃片放到方柄凿下，用一把长柄大锤敲出喇叭形的边缘。这样我们就把宽度定下来了，他说，现在再烧一次，让它变得坚硬。

他把刃片放进火里，转动曲柄把手。这次我们用低温，他说，就烧一分钟。等你看到它发光就好了。就是现在。

现在把两面敲到恰到好处。他短促地敲打着斧子头，然后翻个面继续敲打起来。看，它变得多黑啊，他说，黑得发亮，跟黑鬼的屁股一样。这能保护钢材，使它变得结实。现在可以去淬火啦。

就在他们等待斧子煅烧完毕的间隙，铁匠从围裙口袋里拿出一个破烟头，在锻炉里的一块煤上点着。我们只要把刚刚加工过的部分烧一下就行，他说，淬火的温度越低，锻造的质量越好。淡淡的樱桃红颜色就对了。有些人会把铸件浸到油里，但是水能够以更低的温度回火。加一点点盐能软化水质。软水淬硬钢。就是现在，你把它拿起来再浸下去，注意手法，直着往下浸。刀口直接向下，就像这样。他将颤颤巍巍的刃片浸到淬火桶里，一股气泡立刻升了起来。金属发出嘶嘶的声音，片刻就变得悄无声息了。铁匠把它浸在水里上上下下地移动。冷却要慢，这样就不会开裂。他说，现在，我们来抛光它，然后回火。

他用一根包着金刚砂布的棍子擦亮刃片，又用钳子夹住斧子头开始慢慢地在火上来回移动。注意不要碰到火，还要一直动。这样它才能回火均匀。现在它变黄了。对于有些工具，这样就够了，但是斧子的话，我们得让它回到蓝火。现在它变成棕色了。看啊，那里看见没?

他把斧子头从火里取出，放到铁砧上。你得仔细盯好咯，不能让火先从角落里跑掉。记住，永远要根据工序来调节火的形状。

这就好了？巴拉德问。

这就好了。我们再给你配个斧柄，磨一磨，你就能带它走了。

巴拉德点点头。

这就像许多事情，铁匠说，一旦细节搞错了，整件事情就都错了。他在一只插满了斧柄的桶里翻找着。看了这么久，你有没有觉得自己也能干这活啦？他问。

干啥？巴拉德回答道。

他从山坡上滑下，在没及大腿的雪地里溜得东倒西歪，身体在不断地漂移，他用一只手将来福枪举在头顶，连滚带爬地往山下去了。他捞到了一根葡萄藤，转了个圈停了下来。一大把枯枝败叶散落在平滑的积雪之上。他把这些碎片从衬衣领口弄了出去，又看了看斜坡下面，想要找到下一个落脚点。

抵达山脚平地时，他发现自己置身于一片矮小的雪松之中。循着兔子走过的路，他开始穿越树林。地上的雪融化过又冻上了，所以最外面现在有一层薄壳，这天气真是太冷了。他走到一片空地，一只知更鸟飞过。跟着又有一只。它们高举翅膀，轻快地从雪地上掠过。巴拉德看得更仔细了。一棵雪松下一群知更鸟正挤在一起。见他靠近，它们三三两两地夺路而走，奋拉着翅膀在雪壳上蹦蹦跳跳，蹒跚而行。巴拉德追着它们跑。它们鼓动着翅膀，纷纷躲避。他跌倒在地，爬起来又继续追着跑，嘴里还哈哈大笑。他逮到了一只，将它捧在手心里，羽翼丰满的身躯透着温暖，一颗心脏就在那里面跳动。

他沿着一条满是车轮印的大道走来，路边有人在地上支了一个切开的车顶，周围还撒了一些煤渣。泥地里拖着一根灯线，车顶下方挂着一只发光的灯泡，一群看上去有些萎靡的小鸡挤在那儿咯咯直叫。巴拉德咚咚地敲着门廊的地板。这一天寒冷又阴暗。一团团褐色的浓雾在屋顶上方盘旋升起，院子里有些地方还积着雪，已经变成了灰色，坑坑洼洼的，还沾着煤灰点子。他低头瞅了一眼胸前的小鸟，这时门开了。

进来吧，一个穿着棉质家居薄裙的女人说道。

他跨上门廊台阶，进到屋子里面。他和那女人说话，眼睛却始终盯着她的女儿。她局促地在屋里走来走去，那对奶子、那丰满且充满活力的屁股以及光溜溜的双腿都叫人目不转睛。天可够冷的吧？巴拉德说。

天气怎么啦？那女人说。

我给他带了个玩具，巴拉德说，朝地板上的东西点点头。

女人顺着他的动作转过她那圆盘似的脸蛋。什么？她问。

给他带了个玩具。看这里。

他把那只冻得半死的知更鸟从衬衣里拽了出来。那鸟赶紧别过头去，眼睛突然动了动。

比利，看这里，女人说道。

那东西并没有看过来。那是一只有着巨大秃脑袋、口水直流的灵长动物，栖居在这间屋子的下游地带，熟悉所有变形的地板和用敲扁的食品罐头盒堵住的破洞，在蟑螂和巨型多毛蜘蛛出没的季节里与它们厮混，终日污秽不堪，并且饱受不知名疾病的折磨。

这是给你的玩具。

知更鸟开始在地板上走动，翅膀颤抖得就像是两面三角帆。突然它发现了那边的……什么？小孩？小孩，它转而往角落挪去。孩子用无神的眼睛追着鸟看，过了会儿开始缓缓移动起来。

巴拉德抓住那鸟，递了下去。孩子用灰色的小胖手接住了。

他会杀了它的，女孩说道。

巴拉德冲着她咧嘴一笑。他想杀就杀，这是他的，他说。

女孩朝他噘噘嘴。见鬼，她骂道。

我有东西给你，下次带过来，巴拉德跟她说。

你才没有我想要的，女孩说。

巴拉德又咧嘴笑了。

我炉子上有些热咖啡，女人从厨房里说，你要不要来一杯？

我可不介意，那就喝一杯吧，巴拉德答道。他搓着双手，像是在说天真冷。

巴拉德面前的餐桌上放着一只巨大的白瓷杯，他坐在窗户旁边，冷气从那里进来弄得室内冷飕飕的，咖啡冒起了白汽，褪色的花纹桌布上也凝结起了水滴。他往杯中倒了点罐装奶，手里搅拌起来。

你觉得拉尔夫什么时候会回来？

他没说。

好吧。

你要是愿意，可以在这儿等他。

我再等他一会儿，要是他还不回来，我就得走了。

他听见后门关上的声音。他看到她沿着一条小路上的泥泞车辙走向屋外的茅房。他先看看那女人，她正在餐具柜上擀小饼干，于是又飞快地掉头看向窗外。女孩打开茅房的门，又随手在身后将它关上。巴拉德把脸埋进了杯子冒出的热气里。

拉尔夫一直没有回来。巴拉德喝完咖啡，说了句好喝，但谢绝了再来一杯，他不想再喝了。他又说了一遍，然后说自己该离开了。

妈妈，你来看一下这边，女孩在另一个房间里说。

怎么了？女人问。

巴拉德已经站了起来，正在不自在地舒展身子。我最好走人了，他说。

你要是愿意，可以在这儿等他。

妈妈。

巴拉德看向前屋。那只鸟蜷缩在地板上。女孩出现在厨房门口。你快来这里看一下，她说。

怎么了？女人问。

她指着那个孩子。这个穿着灰色小衬衫的胖乎乎、摇摇晃晃的玩意儿还跟之前一样坐在地上。它的嘴巴沾满鲜血，不住地咀嚼着。巴拉德从门口走进房间，弯腰去拾那只鸟。它在地板上扑腾着，身子向前栽倒。他捡起鸟，柔软的绒毛中两个细小的血点不住地抽搐。巴拉德赶紧将它放下。

我告诉过你，不要把鸟给他，女孩说。

小鸟在地板上挣扎。

女人一边往门口来，一边把手放在围裙上擦了擦。他们都看着那鸟。女人问：他对它做了什么？

他把它的腿咬下来了，女孩说。

巴拉德尴尬地咧着嘴。他大概不想它逃掉，他说。

我要是知趣的话早走了，女孩讽刺道。

安静，女人说道，快把那东西从他嘴里弄出去，免得染上病。

我不是没有听到过他们家的事情。我记得他爷爷名叫利兰，这老头有战争抚恤金。二十年代末的时候死的。他应该参加过联邦军。可是大家都知道，整个战争期间他除了躲在树丛里侦察以外啥也没干。他们来搜过他两三次。唉，他其实从来没有真的打过仗。这事是老卡梅伦跟我讲的，我想不出他有什么理由说谎。他说他们去抓利兰·巴拉德时，到谷仓和熏制房里去堵他，但他每次都能从树丛里溜出来，跑到他们拴马的地方，把士官马鞍上的皮子割下来钉鞋底。

我不知道他是怎么拿到抚恤金的。我想他说了谎。塞维尔县在联邦军队里的人可比登记过的选民还多，但他不是其中之一。他是唯一一个靠厚脸皮骗到抚恤金的。

让我来告诉你吧，他可不是什么当兵的，他呀，老天爷做证，他是黑帮“白帽子”[1]里的混混。

哦，是的。他就是干那个的。他还有个弟弟，也是那里面的，那个时候从这里逃走了。大家都知道他是在密西西比的哈蒂斯堡被绞死的。事实证明，不只是那个地方，不管他跑到哪儿都会被绞死的。

不过我还是要说一件关于莱斯特的事情。你要是去查，他们家能追溯到亚当那会儿，他若算不上青出于蓝，那可真就见了鬼了。

没错，绝对的。

说到莱斯特……

你们可都在说他的事。我得回法院了，还有晚饭在等着我呢。

[1] White Cap，美国三 K 党的雏形。

2

十二月上旬一个寒冷的冬日清晨，巴拉德腰带上挂着一对松鼠从山中下到了蛙山公路处。他回头望向道路转弯的地方，看见一辆小汽车停在那里，发动机发出低缓的突突声，蓝色的烟雾盘旋上升，汇入冰冷的晨光之中。巴拉德穿过公路，趴倒在草丛里，匍匐着爬过树林，来到了山口转弯处的上方。那辆车还在那边空转，里面却看不到任何人。

巴拉德沿着路旁的草丛往前爬，等到离那车已经不到三十英寸时，他站起身观察起来。他能听到引擎有节奏地运行着，以及在这个宁静的早上山坡的某处地方传来的一段微弱的吉他弹唱。过了一会儿，音乐停住了，一个说话的声音响了起来。

是广播，他自言自语道。

车里没有有人的迹象。窗上起了雾，但里面看上去似乎空无一人。

他踏出草丛，往下走了几步，来到汽车旁边。要是有人管闲事问起，他只不过是来抓松鼠的，路过而已。趁着经过那辆车，他往里看了一眼。前排座位是空的，后排却躺着两个半身赤裸、四肢摊开的人。一条光溜溜的大腿。一只高举过头的胳膊。两瓣毛茸茸的屁股。巴拉德继续往前走。突然他停住脚步，两只眼珠一眨不眨地盯着。

他转过身又走回那辆车的旁边，小心翼翼地透过车窗向内窥探。一堆杂乱的衣服和扭曲的四肢中间露着另一个人毫无表情的惨白脸孔，两只眼睛空洞无神地睁着。这是一个年轻女孩。巴拉德轻轻敲了敲玻璃。广播里一个男人的声音说道：下一首歌特别献给所有身患疾病和卧病在家的人们。山上，两头奶牛尖细凄厉的哞叫回响在寒冷寂寞的空气之中。

巴拉德打开车门，手中的来福枪蓄势待发。一个男人张开四肢趴在女孩的大腿之间。嗨，巴拉德说。

采来鲜花献我主，

姹紫嫣红永盛开。[1]

巴拉德坐在驾驶座位边缘，伸手越过方向盘将广播关掉。发动机还在突突突地响。他低头找到了钥匙，将车熄了火。车里变得非常安静，只剩他们三人。他跪在椅子上，向后座俯下身体，仔细地打量着那两个人。他伸出手拉了下男人的肩膀，对方的手臂立刻从座位上滑向车厢地板，巴拉德没有料到这个动作，猛地向后一退，头砰的一声撞在了车顶上。

他竟然没有骂人，而是跪在那里盯着那两具尸体。这些狗娘养的死透了呀，他说。

他能看到女孩的一只乳房。她的上衣敞着，胸罩已经推到了脖子边上。巴拉德盯着那儿看了好久。最后，他伸手绕过男死者的背后摸了一下那只乳房。很柔软，凉冰冰的。他又用大拇指的指腹抚摩了一下已经完全变成棕色的乳头。

他还抓着枪。他从座位上退下来，站在路上四下张望、聆听。周围很安静，甚至听不到一声鸟叫。他先把松鼠从腰带

[1] 这两句歌词出自美国乡村歌曲《主的花束》(*The Master's Bouquet*，1959)，原唱是美国老牌乐队“斯坦利兄弟”(the Stanley Brothers)。

上解下，放到车顶上，又把来福枪竖着靠在翼子板上，然后重新爬进车里。他朝座位俯下身，抓住那男人试着将他从女孩身上拽下来。尸体摊开如有千斤重，死人的头颅无力地耷拉着。巴拉德将他侧过来拖拉，可他却卡在了前排座椅的背后。现在他能更好地看那女孩了。他伸出手抚摩她的另一只乳房。他摸了好一会儿，然后伸出大拇指将她的眼皮合上。她很年轻，也很漂亮。天气太冷，巴拉德关上前车门。他再次伸手抓住地上的男人。他看上去就像是挂在了那里，身上穿着一件衬衫，裤子松松垮垮地堆在鞋面上。巴拉德心中隐隐地泛起了些憎恶，他抓住那人冰凉赤裸的髋部，将他拉了过来。他翻了个身，从两排座椅之间滑落，仰面躺倒在地板上，一只眼睛睁着，另一只半闭。

见他妈的鬼，巴拉德骂道。这死人套着个湿嗒嗒的黄色安全套，直挺挺地指向他。

他从车里退出，捡起枪，走到可以看见公路的地方。他走回车旁关上门，又走到汽车的另一侧。天气冷得刺骨。过了许久，他重新钻进车里。女孩合眼躺着，乳房从敞开的上衣里探出来，雪白的大腿叉开。巴拉德爬上了座位。

死掉的男人从汽车地板上看着他。巴拉德踢开他碍事的腿，从地上捡起女孩的内裤嗅了嗅，放进口袋里。他从后窗向外看去，又仔细听了听。然后，他跪在女孩的两腿之间，解开纽扣，脱下了自己的裤子。

他像个疯狂的体操运动员似的卖力操练。他将自己所能想到的一切想对女人讲的话滔滔不绝地灌进那只苍白的耳朵里。谁又能说她听不见呢？完事之后，他立起身，又朝外看了一下。窗上蒙着雾气。他扯过女孩的裙边擦了擦身体。他站在死男人的腿上，那家伙的玩意儿还竖着。巴拉德提起裤子，爬过座椅，打开车门走回公路。他把衬衫塞进裤子，系好扣子。接着他拾起枪，开始沿着公路往山下走。没走多远，他又停下脚步，折了回来。他看到的第一样东西是放在车顶的那对松鼠。他将它们放进衬衫，打开车门，探身进去转动了一下钥匙，按下了启动按钮。寂静中那车嘈杂地发动起来，发动机重新恢复了活力。他看着汽油表，指针显示还剩四分之一箱油。他瞥了眼后座上的尸体，关上门，又走回了公路上。

他走了差不多四分之一英里就又停了下来，站在路中间直挺挺地瞪着前方。妈的，管他娘的，他说。他开始再次沿着公路往回走，走着走着还跑了起来。

他回去的时候，那辆车还在突突突地响。巴拉德跑得气喘吁吁，大口大口地吸着冷空气，从喉咙灌到火烧火燎的肺里。他猛地拉开车门爬进去，俯身探到后座去拽男尸的裤子，他摸到后袋里的钱包，便伸手进去拿。他把钱包掏出来打开。泛黄的玻璃纸相框里镶着家庭照片。他拿出一沓薄薄的钞票，数了数，一共是十八块钱。他把钱叠好，塞进了自己的口袋，又把死者的钱包放回他的裤子里，接着他倒退着爬出汽车，关上了车门。他又把钱从口袋里拿出来点了一遍。他正要捡起来福枪，却突然停住了，转身又爬进车里。

他的目光在后排地板和座位上各扫了一遍，又摸了摸两具尸体的下面。接着他看向前排。女孩的手包落在了座椅旁边的地板上。他打开包，拿出里面的零钱包打开，找到了一小把银色的钱币和两张揉成团的钞票。他胡乱地在包里翻了一通，拿出口红和胭脂塞进自己口袋，然后啪地合上包，把它放在腿上坐了一分钟。他瞄到仪表板里的手套箱，于是伸手过去按下按钮，箱盖随即向下打开了。箱子里是一些纸、一只手电和一品脱瓶装威士忌。巴拉德取出瓶子，举起一看，里面还剩了三分之二瓶酒。他关上手套箱，爬出汽车，把酒瓶放进自己口袋，关上车门。他又看了一次那女孩，便沿着公路往山下去了。他只走了几步就又停下来回头。他打开车门，伸手进去打开广播。

周二晚上我们会在布尔斯加普学校，广播里说道。巴拉德关上车门，继续往山下走。过了一会儿，他停住脚步，掏出酒瓶喝了几口才又重新上路。

快到山脚的公路岔口时，他最后一次掉过头去。他转过身，回头看了看上面的路。他在路中间蹲下，枪托点地，双手握紧前支架，下巴则搁在一只手腕上。他吐出一口唾沫。往天上看看。过了一会儿，他站起身，又一次开始沿着公路往回走。一只鹰隼乘着风在山坡上空升起，羽毛和翅膀把阳光滤得有些泛白。它盘旋，滑翔，直冲云霄。巴拉德正在匆匆赶路。他的胃里空空如也，却绷得紧紧的。

他回到家时，已经日上三竿。他把她扛在肩上，才走了一英里就累得筋疲力尽，只得双双躺倒在树林里的落叶上。巴拉德静静地呼吸着寒气。他找到一块凸出的石灰岩，把枪和松鼠埋进了那下面的一堆黑色树叶里。做完了这些，他驮上女孩，挣扎着起身，继续上路。

他穿过屋后的树林走下山，踏着茅草丛生、枯草遍地的野径走过谷仓，扛着她通过狭窄的门口进到屋内。他将她放到床垫上，盖好，然后拿上斧子走了出去。

回来时他手里抱着一捆柴火，等在壁炉里生好火，他坐在火前休息起来。然后他把脸转向女孩。他脱下她身上所有的 衣物，仔细地审视起她的身体，仿佛能够看出她是如何被创造出来的。随后他走到屋外，通过窗户看她全身赤裸地躺在火前。当他回到屋内时，裤子已经解开，只待将两腿从裤管里拔出，走到她身边躺下。然后拉过毛毯，盖在了两人身上。

下午，他回去取了枪和松鼠。他把松鼠放进衬衫里，又检查了枪的后膛，发现已经上好了子弹，便继续往山上走去。

当他穿过冬天萧索的林子来到山口转弯处的上方时，那辆车还停在那儿。发动机已经不转了。他蹲坐在脚跟上望着车子。它很安静。隐约能听到下方传来的广播声。过了一会儿，他站起身，吐了口痰，最后打量了那地方一眼，便转身下山去了。

清晨，山坡的迷雾中黑黝黝的小树像刀子般矗立着，两个男孩穿过空地，走进了巴拉德的小屋，他正裹着毯子躺在地板上，身子蜷成一团，身边壁炉里的火已经熄灭了。女孩的尸体摆在另一个房间里，以免温度太高不好存放。

他们站在门口。巴拉德猛地从地上弹起，怒目斜视对方，口中发出号叫，吓得他们连连后退，差点摔倒在院子里。

妈的，你们要干吗？他嚷道。

他们站在院子里。一个握着杆来福枪，另一个则拿着把自制的弓。我们是查尔斯家的表兄弟。拿枪的那个说道，你不能赶他走，他们说我们能在这里打猎。

巴拉德看着那对表兄弟。滚到别处打猎去，他说。

走吧，阿龙，拿枪的说道。

阿龙怨恨地看了巴拉德一眼，便和他的兄弟一道离开了院子。

你们最好离这里远点，巴拉德站在门廊上喊道，屋外的寒气冻得他直打哆嗦，你们最好都这么做。

待到他们走进干燥的树林，消失在视线中时，其中一个掉头骂了几句，但巴拉德听不清他说的是什么。他就站在他们刚刚待过的门口，从那里向屋内看，想要用自己的眼睛重新确认刚才他们都看见了什么。什么都不确定。她躺在一堆破布下面。他进了屋，重新生上火，蹲在壁炉前骂骂咧咧。

他从谷仓回来的时候，手里拖着一架粗制滥造的手工梯子。他把它搬进女孩所在的房间里支了起来，一头伸进了天花板上的一个小方洞里，然后爬了上去，将头探进阁楼内。屋顶摇摇欲坠，就像是冬日天空背景上的一块特别棘手的拼图，借助一格格昏暗的光线他认出了几只装满梅森玻璃罐的旧箱子，罐体上落满了灰尘。他爬进阁楼，在松松垮垮的地板上清理出一块空地，用几块破布把那片地上的灰擦了擦，然后就又爬了下来。

她对他来说真的太重了。他用一只手够住上面的梯级，另一只手搂住死去女孩的腰肢，她荡在半空，身上穿了一件破破烂烂、胡乱缝了几下的睡裙。爬到一半的时候，他不得不停住，又往下爬了回去。他试着让她环住自己的脖子，却也没能爬得更远。他只好带着她坐在地上，嘴里猛喘粗气，在冰冷的房间里凝成一片白汽。后来，他又去了趟谷仓。

再进屋来的时候，他拿来了几段旧的犁地用的执马绳，坐在火前拼接起来。他走进另一个房间，把绳子绑在那具苍白尸体的腰间，拿起另一头爬上梯子。她从地板上升起，肩膀向后跌去，头发全部垂向地面，她开始上升，在梯子上撞来撞去。到了一半的地方，她停住了，荡在那里。过了片刻，她又开始向上升去。

他把那对松鼠和萝卜一起做成了某种炖菜，此时他正在把吃剩的部分放在火前加热。吃过饭后，他提着枪上了阁楼，离开时他把梯子拿到屋外，靠在房子的背后。接着他走到外面的路上，开始朝镇上走去。

这一路几乎没有来往的汽车。巴拉德头也不抬地走在路边灰扑扑的草地上，脚下净是些啤酒罐子和垃圾。天越来越冷了，三个小时后，他抵达了塞维尔维尔，整个人都快冻青了。

巴拉德去购物了。一家纺织品商店的橱窗里摆着一个粗糙的木头模特，没有头，身体安在一根杆子上，穿着一件肥大的红裙。

他在缝纫用的小杂货和纺织品中来回走了好几次，双手摸着口袋里的钱。一个女售货员交叉双臂抱着肩膀站在那边，她看到巴拉德经过，便向他倾过身子。

需要买点啥吗？她问。

我还没看好，巴拉德说。

他又去女式内衣的柜台转了一圈，眼睛里露出些许狂野的神色，仿佛是在害怕那些材质轻薄、色彩淡雅的衣物。再次经过女售货员时，他把手插进裤子后袋，漫不经心地把头朝橱窗玻璃的方向一甩，问道，外面挂的那条红裙子多少钱？

她看向店铺前面，咬着一只手努力回想着。五块九毛八，她说，接着她又上下点了点头，没错，就是五块九毛八。

那我就要它了，巴拉德说。

女售货员从柜台上站直了身子。她和巴拉德差不多高。她问：你需要多大尺码？

巴拉德看着她。尺码，他说。

你知道她穿几码的衣服吗？

他摸着自己的下巴。他从未看过那女孩站着的样子。于是，他看着女售货员说道，我不知道她穿多大码。

好吧，她块头大不大？

我想没你大。

你知道她的体重吗?

她肯定有一百磅，或者更多。

女售货员有点滑稽地看着他。她准是个小个子，她说。

她确实不高。

衣服在这边，她边说边带路。

他们踩着嘎吱作响的涂油木地板，穿过房间来到一排用电镀水管组装起来的衣架前，女售货员往后拨开几个衣架，拽出那条红色的裙子，举在手里。这件是七号的，她说，我敢说只要她的个头不是非常小就一定能穿上。

好的，巴拉德说。

要是不合身，可以叫她来换。

好。

她把衣服搭在手臂上折好。还需要买点别的吗?她问。

要的，巴拉德说，她还需要其他一些东西。

女售货员等在那里。

她需要一些东西来搭配裙子。

她都需要些什么呢?她问。

她需要几条内裤，巴拉德脱口而出。

女售货员手握拳头放在嘴前咳了几声，转身走回过道，巴拉德跟在后面，脸上火辣辣的。

他们站在刚才他一直用眼角余光打量的柜台前，女售货员伸出手指在小玻璃栏杆上轻轻敲了敲，目光却不理会他。他的手还塞在裤子后袋里，手肘则向外伸出。

内裤都在这里，女售货员说着，从耳朵后面拿出一支铅笔，在柜台栏杆上滚了起来。

有黑色的吗?

她在一堆内裤里翻了半天，最后挑出了两条带着粉色蝴蝶结的黑色内裤。

两条我都要了，巴拉德说，再拿一件那边的那个。

她看向他指的方向，问道，衬裙吗?

是的。

她沿着柜台移动到那边。这儿有条漂亮的红色衬裙，她说，和刚才那条裙子搭起来很漂亮。

红的？巴拉德说。

她把衬裙举了起来。

这个我也要了，巴拉德说。

还要别的什么吗？她问。

我不知道，巴拉德说道，眼睛在柜台上扫来扫去。

她需要胸罩吗？

不用。你们没有红色的内裤，是吗？

巴拉德来到福克斯的店铺时，已经冻得半死了。黛青色的薄暮已经笼上了周围荒凉的树林。他径直走向火炉，靠在落满灰尘的灰色炉筒旁，牙齿直打架。

你挺冷啊？福克斯先生问。

巴拉德点点头。

广播说今晚要降温到三摄氏度。

巴拉德不是来闲聊的。他在店里转来转去，挑选着豆子罐头和维也纳香肠，他又拿了两条面包，然后指着肉案说他想要半磅那儿的大香肠，他还拿了一夸脱鲜奶、一些芝士、脆薄饼干以及一盒蛋糕。就在他忙碌的时候，福克斯先生在一张便笺纸上算起账来，他的目光越过眼镜框的上方清点着柜台上的东西，心里默默盘算。巴拉德把放着他从镇上买的东西的包裹紧紧地夹在腋下。

昨天晚上他们在上头找到的那个男孩是怎么回事？福克斯先生问。

他怎么了？巴拉德应道。

他在壁炉里生起火，然后用冻僵的手指去解开结了冰的鞋带，他在地板上用力跺着脚后跟，好让鞋子能和脚踝分离，才能够脱下来。他看看自己的双脚。它们已经变成淡黄色的了，上面还有一些白色的斑点。当他走进另一个房间时已经几乎感觉不到脚下的地板了。他看上去像是在用踝骨踱步。他赤着脚走到外面，拿上梯子回到屋里，爬到阁楼上去看女孩。他把枪带了下来，放到了火炉旁。他打开从镇上带回来的那些包裹，拿起一件件衣服嗅了起来，之后又把它们重新叠好。

他打开一罐豆子和一罐香肠，将它们放进火里，又架起了一只平底锅，准备烧水煮咖啡。他把剩下的东西放进柜子里，然后坐在床垫边上穿鞋。他提着斧子出去砍柴，嗒嗒地踩着地板穿过房间，走进外面的夜色中。天又开始下雪了。

他拖了许多木柴回来，房间里堆起了一大堆树枝和老树桩子，里面还夹杂着整根整根的篱笆柱子，那上面的钉子上还挂着一段段烂了的铁丝。他一直忙到天彻底黑下来，终于把火烧得旺旺的，便坐在火前享用起晚餐。吃完饭，他点上灯，提着它走进另一个房间，爬上梯子。紧接着那儿就响起了一阵轻声咒骂，还有一些挣扎的声音。

她顺着梯子下降，直到脚碰上地板才停下来。他又放了点绳子出来，但她还是靠着梯子站在地上。她是脚尖点地的站姿，不然身体便会对折起来。巴拉德也从梯子上爬下来，将绳子从她腰间解开。他把她拖进隔壁房间，放在壁炉前。他抓住她的一只胳膊，试着将它举起，但整具尸体已经变得木然僵硬。这婊子可真冻上啦。巴拉德说道，顺手在火里添了更多柴火。

后半夜，她终于软化到可以脱下衣服了。她光溜溜地躺在床垫上，灰黄色的乳房在灯光下就像蜡做的花朵，巴拉德开始给她穿新衣服。

他坐着给她梳头，用的是他在廉价商店买的梳子。他又打开口红的盖子，旋出膏体，涂抹在她的唇上。

他本来打算把她摆成各种姿势，然后去屋外的窗户边窥视她。可过了一会儿，他仍搂着她坐着，双手伸进新买的衣服里抚摩她的身体。他一边和她说话，一边慢慢地脱掉她的衣服。接着他脱下自己的裤子，躺到她身边。他摊开那两条松垮垮的大腿，告诉那女孩，你一直想要。

之后，他把她拖回了原来的房间。她软趴趴的，不好驾驭。那些骨头松散地包裹在肌肤之下。他用破布盖好她，又回到火炉旁，将火烧到最旺，便躺在床上看着炉子。烟道里升起巨大的烟团，发出呼呼的号叫声，通红的火苗在烟筒顶上跳动。一支巨大的砖红色蜡烛在夜里燃烧。巴拉德往炉子里塞了许多树枝和树桩劈成的柴禾，一直堆到烟筒的喉咙位置。他煮了咖啡，靠在睡觉的垫子上。尽情地变冷吧，你这狗娘养的天气，他冲着窗格之上的夜空说道。

然而天气真的变得更冷了。气温降到了零下六摄氏度。一块砖落进了火焰里。巴拉德又添了把柴，然后拉过毯子，平静地等待入睡。小屋内亮如白昼。他躺在床上瞪着天花板。不一会儿，他又坐了起来，点上灯走进另一个房间。他把女孩翻了个身，绑上绳子后自己率先爬进了阁楼。女孩又一次向上升去，只不过这次她一丝不挂。下来之后，巴拉德把梯子放倒，又靠墙摆好，便回屋睡觉了。屋外，雪花飘然落下。

夜里他醒了，心头油然升起一丝不祥的预感。他坐起身。壁炉里只剩下一条小火苗，几乎一动不动地竖在灰堆里。他点上灯，挑挑灯芯。房间上方笼罩着一片飘浮不定的烟雾。一股股白色浓烟从天花板条之间渗了出来，他能听到头顶传来轻微的噼啪声，就像什么东西正在进食。哦，该死！他说道。

他站起身，盖毯在他瘦削而愤怒的肩膀上晃荡着。透过天花板上的裂缝他看到一片地狱般的炽热橙光。他急忙套上夹克和鞋子，拎着枪冲进外面的雪地里。他站在一块被踩秃了的杂草丛中抬头看向屋顶。几条疯狂的火舌沿着烟筒管道上下蹿动。阁楼中接连传出猛烈的爆裂声。大团大团的水汽从湿嗒嗒的屋顶上腾起，一根根火红的光线在漫天飞雪中随风浮动。

他妈的，巴拉德骂道。他把来福枪靠在一棵树上，赶回屋里收拾他的寝具，他奋力地将这些东西拖到雪地，又冲了回去。他找到了他的厨具，连同小食品柜一起搬出了房子，他还拿上了斧子、一部分自己的工具以及藏在空房间里的一些零碎物件，在把它们通通丢进院子里之后，他跑回屋内，把梯子靠在阁楼洞口立好，抬起头朝上面看。巨大的橙色火球在阁楼里跳动。他爬上梯子，将头探进天花板的洞里，随即就感到头发噼啪一声烧焦了。他弯下腰拍拍头。眼睛已经被烟雾熏红，流着眼泪。他蹲在梯子顶上，眯起眼睛盯着上方的火场，过了几分钟才从上面爬下来。

回到外面的时候他的手臂里夹着那几只毛绒熊和毛绒老虎。屋顶已经陷入一片火海。在火焰持续的咆哮声之上，你能听到房子远端那棵布满裂痕的老橡树在一排排火焰的攻势下接连爆裂和摇摇欲坠的杂音。这大火的热浪真是令人震惊。

巴拉德瞠目结舌地站在雪地里。火苗沿着板条上下蹿动，就像一群点着了的松鼠。穿过房顶的火焰，你能从一排熊熊燃烧的三角形中看出被钉子铆住的屋顶框架结构。仅仅几分钟的时间，小屋就变成了一堵结结实实的火墙。在一片爆炸声中，窗户玻璃裂了好几块，纷纷从窗扇里掉落下来，紧接着房顶哗啦一下坍塌进屋内。这地方太热了，巴拉德不得不往后退了几步。屋子周围的积雪开始融化，露出一圈湿漉漉的地面。过了一会儿，地面开始冒出蒸汽。

离天亮还早，可这个为巴拉德遮风避雨的房子此时只剩下一个熏得漆黑的烟筒和它下方一堆还在闷烧的木板。巴拉德穿过湿软的地面，爬上壁炉，像只猫头鹰似的坐在炉床上。他得取暖。他本喜欢自言自语，现在却一言不发。

天还没亮的时候他就冻醒了。他在床垫下堆了枯死的野草和灌木，睡觉时则把双脚朝向了房屋余烬，雪花从漆黑的夜空中坠下，落在他的身上。雪在身体上融化，可早上寒气加重又将雪水冻上，于是他醒来的时候盖毯已经结了一层冰，一碰就像玻璃似的碎了。他穿着那件薄薄的外套，跌跌撞撞地走向壁炉，想让身子取取暖。天上还在飘着小雪，他不知道现在几点了。

等到身体不再发抖时，他拿出了锅，装满雪，放到余烬里。给锅加热的同时，他找到了自己的斧子，砍了两根杆子把湿掉的毯子挂起来晾干。

天亮时分，他在壁炉上铺了一圈杂草，然后坐在里面，双手捧着一个大瓷杯呷起咖啡来。待这忧伤的灰色光线出现时，他把最后几滴咖啡从杯中甩出，爬下座位，开始用一根棍子在灰烬中捅来捅去。他花了大半个早上的时间在废墟里翻找，直到膝盖以下全部沾上了黑色的木灰，他的手也都是黑的，脸上则布满了黑色的条纹，那是他在疑惑不解时用手抓出来的痕迹。他一根骨头都没找到。好像她从来就没来过这儿。最后他放弃了。他把雪从剩下的口粮上掸掉，给自己做了两个香肠三明治，然后在灰堆里找了个暖和的地方，蹲着吃了起来，乌黑的指印摁在白面包上，深色的眼珠瞪得大大的，显得空洞无神。

他用毯子将生活用品打包后背在肩上，穿过山坡上积满雪的林子向上攀爬，看上去就像某种发了疯的冬日地精。他不停地摔跤、滑倒、骂骂咧咧。他花了一个小时才到达了之前来过的一个山洞。这是他第二趟来这里，这次他带上了斧子、来福枪，还有一个猪油桶，里面装满了大火中捡来的热煤块。

山洞的入口仅容一人躬身爬行，巴拉德爬进爬出，身子前面沾满了滑溜溜的红泥。山洞里面是个宽大的石室，一束斜光从红色的黏土地面爬向屋顶上的一个孔洞，就像是一根发光的树干。巴拉德用煤块点燃了几把干草，组装并点亮了油灯，他走到山洞中央，抬脚将从前生火留下的灰烬踢开，头顶上方正是那个孔洞。他把山中死树笔直的外皮砍成硬木片，然后拖进洞里，很快便在石室里生好了火。就在他下山去搬床垫的时候，一缕袅袅白烟从他身后的洞口里升了起来。

天气没有好转。巴拉德开始在山野游荡，穿过雪地回旧家看看，他要看看那座屋子和里面的新房客。他通常在夜间过去，躺在河堤上，隔着厨房窗户看那人的一举一动。或者爬到水井房上面，这样就能一直瞧到前厅，格里尔正跷着穿短袜的脚，坐在巴拉德以前用过的火炉前。格里尔戴着眼镜，读着像是种子目录一类的东西。巴拉德把来福枪的瞄准器搁在胸口。突然他手一翻，将枪拎起，一下举到耳朵上边。他把手指插进冰冷的扳机扣环。张开嘴说了声，砰！

巴拉德跺着脚把雪从鞋子上抖落，他把来福枪靠在房子墙上，然后轻轻地敲了敲门。他向四下扫视了一下。沙发完全被雪盖住了，雪地上星星点点地落下了许多煤屑和猫爪印。房子后面放着几辆车的残骸，其中一辆的后窗里映出一只火鸡，正盯着他看。

门开了，身穿衬衫和吊带裤的垃圾场看门人出现在门口。进来吧，莱斯特，他说。

巴拉德进了屋，转动眼珠到处张望，脸上还挂着一个客套的微笑。可惜他这副样子谁也没见着。一个年轻女孩抱着个婴儿坐在一个汽车座椅上，巴拉德进来时她站起身走到另一间屋里去了。

快过来，趁你还没被冻死快来暖暖身子，看门人说着，走向火炉。

人都到哪儿去了？巴拉德问。

妈的，看门人说，她们都已经离开了。

那位小姐不是没有走嘛。

呀，不是的。她是来探望姊妹们的。除了最小的那个，其他女孩都走了。我们这儿还有两个小婴儿。

她们怎么会就这么突然地都走了呢？

我怎么知道，看门人说，现在的年轻人啊，她们什么也不听你的。莱斯特，你没有结过婚，这很值得骄傲。婚姻里都是悲伤和心痛，人们根本不可能从中得到什么回报。你不过是在自己家里养大了一群敌人，还要被她们诅咒。

巴拉德将背转向火炉。好吧，他说，我这辈子是没机会看到自己结婚了。

这就是你的聪明之处啊，看门人说。

巴拉德摇着头，默认了老头的观点。

我听说你家被火烧啦，看门人说。

彻底烧光了，巴拉德说，从来没见过那么大的火。

怎么起的火？

我也不知道，火是从阁楼烧起来的。我想准是因为烟筒里冒出来的火星。

你当时在睡觉?

可不是嘛，我才刚刚离开那里。

沃尔德罗普怎么说?

我不知道。我没见他，也不会去找他。

你真该感到骄傲，没有像之前那个老帕顿那样被烧死在床上。

巴拉德转过身，在炉前烘起手来。那他们有没有找到他的尸体？他问道。

来到那个坑洞的顶端时，巴拉德停下脚步朝身后望了一会儿。他跟踪的那些脚印里已经积了水，它们一直延伸到山上，却没有返回山下的迹象。之后他就跟丢了，却找到了一些其他的脚印，整个下午他都像猎人那样在林子里潜行追踪，可直到夜幕降临他都没有找到一滴威士忌，也没有看到柯比的身影，他不得不回到洞里，双脚浸在渗水的鞋子里已经没有了知觉。

第二天早上，他撞见了格里尔。天开始下雨了，这寒冬的细雨让巴拉德想骂人。他低着头，把枪夹在胳膊下面，闪到路的一边走，格里尔却没有让他得逞。

你好啊，他说。

你好，巴拉德应道。

你是巴拉德，对吗？

巴拉德没有抬头。他一直盯着那人的鞋子，筏道上杂草丛生，它们就踏在湿漉漉的草叶里。不，我不是，他说着，继续往前走了。

天哪，莱斯特，他们逮住我了，柯比说。

逮住你？

我被判了三年的缓刑。

巴拉德环视了一下这个狭小的房间，地上铺的是油毡，摆着一些廉价家具。好吧，去他妈的，他说。

你说这贱不贱？我从没想到会是那些黑鬼。

黑鬼？

他们派了黑鬼来。我把酒卖给了他们。卖了三次。他们中的一个就坐在那边的那把椅子上喝掉了一品脱威士忌。他喝完酒，站起身，走到外面，上了辆车。我不明白他是怎么干的。据我所知他大概是开车了。他们逮住了所有人。就连科克县的那个老太布赖特也被抓了，打我出生起她就一直在卖威士忌，从没停过。

巴拉德欠身往地板上的一只罐子里吐了口痰。好吧，该死，他说。

我真的从来没有想到他们会派黑鬼来，柯比说。

巴拉德站在门前。车道上一辆车也没有。灯光在窗户底下的泥地上投下一块淡黄色的梯形光斑。屋内，低能儿正在地上爬动，他的姐姐蜷在沙发上看一本杂志。他抬手敲了敲门。

门开的时候，他站在门口，脸上挂着病态的笑容，他的嘴唇发干，嘴巴绷紧包住了牙齿。你好啊，他说。

他不在家，女孩说道。她站在门框里，屁股松松垮垮的，显然是漠不关心地看着他。

你觉得他什么时候会回来?

我不知道。他带着妈妈去教堂了。他们不到十点半或者十一点不会回来的。

好吧，巴拉德说。

她没有再说话。

有没有觉得变冷了?

开着门站在这里就是这样。

好吧，你就不打算请我进去待一会儿吗?

关上门前她犹豫了一下。你能从她的眼中看出这迟疑。但她还是让他进去了，真的太蠢了。

他拍打着双手，拖着脚走进屋里。那小子怎么样?他问。

还是和以前一样疯，她说着，抬腿走向沙发和杂志。

巴拉德蹲在那个脏兮兮的还拖着口水的白痴面前，伸手抚弄那近乎秃顶的脑袋。这孩子怎么这么聪明!是不是呀?他说道。

胡说八道，女孩说。

巴拉德看着她。她穿着廉价的粉红色休闲棉裤，盘腿坐在沙发上，膝头还放着一只枕头。他站起身，走到火炉前，背对着它站住。那火炉齐腰高，用带网眼的栏杆彻底围了起来。栏杆柱子用斜钉钉在地板上，围栏也钉得牢牢的。我打赌，要是他想的话，他能把这个推倒，巴拉德说。

我也会把火从他身上拍灭，女孩说道。

巴拉德看着她，忽然狡黠地眯起眼睛，笑了起来，他是你的种吧？

女孩猛地扬起了脸，骂道，你这混蛋是疯了吧。

巴拉德邪恶地笑着。蒸汽沿着他深色的裤腿升了起来。你骗不了我，他说。

你这个骗子，女孩说。

你这么希望而已。

你最好闭嘴。

巴拉德转过身，让身子前面也烤烤火。一辆车从路上驶过。他们俩都伸长脖子循着灯光看了过去。她转回头，看见他探头探脑，便做了一个鸡伸长脖子的怪样来嘲笑他。地上的孩子淌着口水坐在地上，一步都没挪动过。

该不会是托马斯家那个疯儿子的种吧？巴拉德又说。

女孩盯着他，脸涨得通红，眼睛也泛起红来。

你该不会是和那疯狂的老东西偷偷钻了小树林吧？

你最好闭上你的嘴，莱斯特·巴拉德。我要把你说的话告诉爸爸。

我才要告诉你爸爸你干的好事呢，巴拉德尖声尖气地说道。

你等着，看我到底会不会那么干。

该死，巴拉德说，我逗你玩呢。

你怎么不继续了？

我觉得你是年纪太小了，看不出一个男人什么时候是在逗你玩。

你都不算个男人。你就是个疯子。

我可比你想的要厉害得多，巴拉德说，你怎么穿这种裤子？

关你什么事？

巴拉德嘴巴发干。这啥也看不见，他说。

女孩茫然地看着他，过了会儿变得面红耳赤起来。我没什么可以给你看的，她说。

巴拉德僵硬地朝沙发走了几步，停在了房间中央。你为什么不给我看看那对漂亮的奶子呢？他哑着嗓子说道。

她站起身，指着门口说道，你给我滚出去，马上。

别这样。巴拉德喘着粗气，我不会再有其他要求了。

莱斯特·巴拉德，爸爸回来会杀了你的。你现在就给我滚出去，我说真的，她跺了跺脚。

巴拉德看着她。好吧，他说，如你所愿。他走到门口，拉开门，走了出去，把门在身后带上。他听见她闩门的声音。屋外的夜清澈又寒冷，一轮圆月挂在空中。巴拉德朝着漆黑的夜空呼出白汽。他转身回看那栋房子。女孩正从窗户角落里看着他。他沿着坑坑洼洼的车道走上马路，穿过水沟，顺着院子的边缘走了一阵，又穿过马路折回了女孩的家。来福枪还靠在山楂树上，他捡起枪，沿着房子的一边前进，爬上一堵用煤渣砖砌成的矮墙，顺着墙头走过晾衣绳和煤堆，来到一处能看见窗户的地方。他能看见女孩的后脑勺露在沙发上面。他看了一会儿，然后端起枪，扣上扳机，瞄准了她的脑袋。就在他做完这一系列动作后，女孩突然从沙发上站了起来，把脸转向了这扇窗户。巴拉德开火了。

在这静谧的寒夜之中，来福枪的枪声显得尤为震耳欲聋。透过四分五裂的玻璃，他看到她晃晃悠悠的模样，于是又站了起来。他将另一发子弹转进枪膛，再次举枪，这时她却倒了下去。他弯下腰，在结了冰的泥地里扒拉，想要找到刚才那发的空弹壳，可是怎么也找不到。他围着房子，跑到前门，跨上狭长的台阶，来到紧靠大门的位置。你这个蠢货，巴拉德自言自语，你听到她锁了门的呀。他跳下地，跑到房子背面，从一个装着纱窗的低矮门厅进到了屋内，接着他推开厨房的门，穿过它走进前厅。她倒在地上，却还没有死。她在地上蠕动。看上去想要试着爬起来。一股细细的鲜血在黄色的油毡布上流淌，悄无声息地渗进木地板里。巴拉德握紧枪盯着她。死吧，你这该死的家伙，他说道。她真的死了。

等她不动了，他到房间里搜罗来了一些报纸和杂志，将它们撕得粉碎。低能儿默默地看着他。巴拉德从火炉围栏上扯下丝网，然后用脚把炉子踢翻在地。一团煤灰腾起，炉子的管道轰然倒向屋内。他一把拉开炉门，滚热的煤块滚了出来。他把纸堆在一起。很快房间中央就燃起了一把火。巴拉德抱起死掉的女孩。她满身是血，滑溜溜的。他把她扛上肩头，四下张望起来。来福枪呢？它就靠在沙发上。他拿上枪，慌乱地看向周围。房间的天花板已经被滚滚浓烟遮住了，若干小火苗舔舐着油毡边缘裸露出的木地板。他走到厨房门口，转身看了烟雾最后一眼，却瞄到了那个低能儿。它正坐在耀眼的火焰中望着他，两眼通红，满身脏污却无所畏惧。

巴拉德沿着山路就快要走到山顶时，警长在他的身后停下了车。警长令巴拉德放下来福枪，可他却一动不动。他单手持枪，直挺挺地站在道边，甚至没有回头去看一下说话的是谁。警长拔出手枪伸出窗外，手指扣住了扳机。冷峭的空气中，你能非常清晰地听到击锤咔嗒一响，紧接着便是手按进弹膛闭锁凹槽的声音。小伙子，你最好把它放到地上，警长说。

巴拉德把枪托朝下立在路面上，他一松手，它就倒进了路边的灌木丛里。

转过身来。

现在走到这边来。

现在站在那儿别动。

现在给我上车。

现在把你的手伸出来。

你把我的枪留在那儿会被人拿走的。

到时候我再来操心你这把该死的枪。

办公桌后面的男人双手合拢放在身前，一副要开始做祷告的样子。他的目光穿过十指指尖凝望着巴拉德。我说，他开口说道，要是你没干什么坏事，干吗要躲在草丛里不让别人发现呢？

我知道他们的那一套，巴拉德嘀咕道，先把你丢进大牢，再把你打个半死。

警长，这位先生有在这里被虐待过吗？

他明知道不是这样的。

他们说你骂过副警长沃克。

你骂过吗？

你在那儿找什么呢？

我就是看看。

沃克先生可不会告诉你该说什么。

他也许能告诉我不该说什么。

是不是你烧掉了沃尔德罗普先生的房子？

我没有。

着火的时候你可正住在里面。

那是个……我没放火。在那之前很早我就搬出去了。

房间内陷入了寂静。过了一会儿，办公桌后的男人将手从胸前拿了下去，依旧交叠着放在大腿上。巴拉德先生，他说，你得换个法子生活，不然你可就得去这世上别的什么地方这么做啦。

巴拉德走进商店，用力将铁栅门在身后带上了。商店里除了福克斯先生空无一人，他朝眼前这个看上去很烦恼的小个子顾客点点头。顾客却没有理会。他沿着货架挑选商品，所有罐头都按照标签朝外的方式摆着，他从里面抽出了几听，码整齐的货架中间立刻出现了几个缺口，他把挑好的罐头摞在店主人面前的柜台上。最后他停在了肉案前。福克斯先生站起身，拿起一条白色的围裙系在背后，上面沾着一些之前留下的血污，已经被洗成了淡淡的粉色。他走到肉案那里开了灯，灯光下是一根根的大香肠和一块块的奶酪圆饼，一堆腊肠和腌肉的中间摆着一托盘切得薄薄的猪排。

给我切半磅那边那种大香肠，巴拉德说。

福克斯先生拿过大香肠，放到砧板上，拿起一把刀开始削薄片，又把这些肉一片片地放到一张牛皮纸上。完事后他放下刀，把包着肉的纸放到秤上。巴拉德和他一起看着秤的指针晃动起来。还要点什么？店主人一边问一边用绳子把这包肉捆起来。

给我拿点那边的奶酪。

他又买了包烟草，站在那儿就开始卷烟，还不停地对着食品杂货点头。这些通通加起来，他说。

店主人在他的便条本上算起账来，一边算一边将商品从柜台一侧推到另一侧，最后他站起身，用拇指把眼镜往上推了推。

五块一，他说道。

先给我记账上吧。

巴拉德，你打算什么时候付钱给我？

这个嘛，我今天能先付一点。

多少呢？

哦。三块来钱吧。

店主人在便条本上算了下。

我一共欠了多少？巴拉德问。

三十四块一毛九。

包括今天的这些吗？

包括今天的这些。

好吧，我先给你四块一毛九，那就正好还差三十块了。

店主人看着他。巴拉德，他说，你多大了？

二十七，这关你什么事。

二十七岁。二十七年来你就存了四块一毛九？

店主人又在本子上算起来。

巴拉德等了一会儿，狐疑地问道，你在算什么？

等一下，店主人应道。过了一会儿，他把本子竖起来，眯着眼看着上面。是这样，他说，根据我的计算，照这个速度，你得再过一百九十四年才能还清剩下的这三十块钱。巴拉德，我今年六十七啦。

你疯了吧。

当然，前提是你以后啥也不买。

真是越来越疯了。

不过，我也有可能算错了，你要不要检查一下？

巴拉德一把推开店主人递来的便条本。我可不想看这个，他说。

好吧，我想接下来我要做的就是试着把损失降到最低。既然你有四块一毛九，为什么不就拿价值四块一毛九的东西呢？

巴拉德的脸开始抽搐。

你想把哪些放回去？店主人说。

我他娘的一件也不会放回去，巴拉德说着，摆下五块钱，又把一个一毛的硬币拍在了柜台上。

二月初的一个星期天早上，巴拉德翻山越岭来到布朗特县。山坡的岩石间涌出一股泉水。巴拉德跪在雪地上，四周散落着一些鸟和鹿鼠的漂亮爪印，他将脸倾向碧潭，喝了些水，又在水中端详起自己凹陷的面孔。他的手向水面伸过去，仿佛是要触摸那张望着他的脸，可随后他却收了回来，站起身，擦擦嘴巴，继续往树林里去了。

很深的老林子。世间曾经有过不为人类所占据的林子，这里就有点这样的意思。他路过一棵被风刮倒在山坡上的鹅掌楸，虬髯盘结的树根高高举起两块足有农用车那么大的石头。巨型的石板之上镶嵌着古老的贝壳，石灰里包裹着被风化的鱼类，似将消失海洋的传奇书写于此。巴拉德穿着过于肥大的衣服，几乎是神气活现地穿行在哥特式的树干之间，跋涉在没膝的厚厚积雪之上，他沿着一座石灰岩悬崖的阳面前进，崖下一些鸟儿正在没有被雪盖上的裸土里扒拉着，此时它们停下动作，望向来人。

他要去的那条路在他到时已经毫无踪迹可寻。巴拉德下到路上继续前进。快到正午，照在雪面上的阳光异常耀眼，积雪如水晶般闪闪发光，放射出一片白炽。冰雪遮盖的道路在他的前方蜿蜒伸展，几乎就要没入树丛之中。路旁有一条小溪流过，冰层之下水色昏暗，流到树根附近就无影无踪，大约是被下面结满冰凌的小洞吸走了。路边的冻草上缠绕着一条条白色的霜带，你永远也搞不清它们是如何形成的。巴拉德边走边吃掉了一根霜草，他的肩上扛着枪，脚上包着麻袋，上面沾满了雪，显得脚特别巨大。

不一会儿，他来到了一座房子前，里面静悄悄的，和周围环境如出一辙，只有烟筒里笔直地升起一炷浓烟。路上有轮胎的印子，但已经被夜里的降雪盖掉了。巴拉德继续往山下走，沿途经过了更多的房子，还有一间废弃的皮革厂，来到一条新近有人经过的路上，轮胎防滑链的菱形痕迹蜿蜒没入白雪皑皑的林子里，一条碧玉般的河流向着南方的群山弯弯曲曲地绵延。

到达商店之后，他坐在门廊的一只箱子上，用折刀割断绑在腿脚上的麻绳，取下麻袋抖了起来，他把麻袋和一截截的麻绳放在箱子上，站起身来。他穿着尺码偏大的黑色低帮鞋。来福枪早在他过河时就藏在了桥底下。他跺跺脚，拉开门，走进店里。

一群男人男孩正围聚在火炉四周，巴拉德的出现打断了他们的交谈。巴拉德走到火炉后面，向店里的人们微微点头。他把手靠近炉火，随意地四下张望起来。你们觉得够冷吗？他开口问道。

没人说冷，也没人说不冷。巴拉德咳了两声，将手合在一起搓了起来，他穿过房间，到酒柜里拿了瓶橙色的饮料打开，又拿了块蛋糕，到柜台买了单。店主人将一角硬币收好，便关上了收银的抽屉。他说：冰天雪地，大饱眼福了吧？

巴拉德赞同他的说法，他靠在柜面上吃着蛋糕，小口小口地抿着饮料。过了会儿，他朝店主人俯下身子问道，你要手表吗？

啥？店主人说。

手表。你要手表吗？

店主人茫然地看着巴拉德。手表？他问，什么样的手表？

我有很多款型。看这个。巴拉德把饮料和吃了一半的蛋糕搁在柜台上，伸手到口袋里掏出了三只腕表，摆在店主人面前。店主人用手指戳了几下，然后说道，我不需要手表，那边柜台里还扔着几块，都放了一年了。

巴拉德看向他指的地方。在一堆袜子和发网中间有几个玻璃纸的小袋，里面装了几只落满灰的手表。

你的表多少钱买的？

八块。

巴拉德半信半疑地看着那商人的表。好吧，他说道。吃完蛋糕，他拎着表带将自己那些手表提起，又拿上喝的穿过房间走回了火炉边上。他拿出表，犹犹豫豫地向离他最近的男人兜售起来。不想来块腕表吗？他问。

男人瞟了下表，又转开了目光。

老兄，拿到这儿让我们看看，火炉边的一个胖小子说道。

巴拉德将表递了过去。

你想卖多少钱？

我想得卖个五块吧。

什么，三块表吗？

妈的，当然不是。一只五块。

见鬼。

给我们瞧瞧，奥维斯。

等一下，我正看着呢。

让我们瞧瞧。

是只好表。

我要了，这只表要多少钱？

五块。

我给你两块，就不问你从哪儿弄来的了。

我不卖。

让我看看其他的，弗雷德。它们有什么毛病吗？

什么该死的毛病也没有。你听，它们不是在走吗？

我给你三块钱，买那只金色的。

巴拉德看看他们中的一个，又看看另一个。四块卖了，他说，你挑吧。

这几个一共卖多少钱？

巴拉德掰着手指在空中算了一会儿。十二块，他说。

妈的，这没法买。批发难道没有折扣吗？

你所有的表都在这儿了吗？

就这三只。

拿着，把这些拿去还给他。

你今天不做钟表生意了吗，奥维斯？

我没法让我的批发商降价啊。

你一共愿意给多少？巴拉德问。

八块三只。

巴拉德看看周围的人们，他们正等着看这些二手手表在礼拜天的早上能卖出什么价钱。他把表拿在手里掂量了一会儿，便把它们递了过去。成交，他说。

买表的站起身，把钱传过来，拿走了表。他对身旁的男人说，你是打算用三块钱买这一只吗？

是啊，卖给我吧。

还有没有人想用三块钱买一只表的？他举起一只闲置的手表。

另一个一直盯着这些表看的男人抬腿走了过来，把手伸进口袋。这只我要了，他说道。

奥维斯，你这只刚买的表卖多少钱？

可能五块吧。

妈的。你都能买两只了。

这可是只好表。

回到河边，巴拉德先环顾了一圈银装素裹的空旷乡野，然后走下马路，来到桥下。往河边去的路上有些不是他踩出来的脚印。巴拉德攀上桥柱，伸手探向了头上藏枪的横梁。他胡乱地摸了一阵，手指顺着水泥板乱抓，眼睛则紧盯着河面以及那些他已经拼命追踪过的脚印。就在这时，他的手握到了枪托。他把枪取了下来，骂骂咧咧，心里怦怦直跳。你想要找到它，不是吗？他朝着雪地里的脚印大喊。声音在桥拱下反射回来，变得空洞又陌生。巴拉德像条狗一样斜着头听那回音，过了一会儿他爬上堤岸，重新上路了。

等他回到洞穴时，天已经黑了。他匍匐着爬进洞，点燃一支火柴，找到灯点上，将它摆在用一圈石头标记的火坑旁。洞窟附近的岩壁布满了灰白色的垂直褶皱，在永夜之中勾勒出自身的轮廓，穹顶之上一道断层裂纹赫然出现，挂着一排牙齿似的滴水钟乳石。透过头顶黑洞洞的通风口可以看到，昴宿星团在遥远的夜空中明亮地燃烧着，释放出冰冷纯粹的光辉。巴拉德踢踢火堆，把一部分暗淡的软煤从灰烬和骨头下面翻出来。他拿了些干草和树枝，点起火来，又拿上锅到外面接了一整锅雪回来，放到火堆旁边。他的床垫摆在一堆灌木之上，上面还放着那几个毛绒玩具，剩下为数不多的几件私有财产散落在洞穴里的各个地方，他也就是随手一放而已。

火生起来以后，他拿出手电筒，穿过石室消失在一条狭窄的通道里。

巴拉德沿着山体内部潮湿的石道一路往下来到了另一个石室。手电光扫到越来越多的石柱，还有一些湿漉漉并且奇形怪状的东西，看上去像是巨型石瓮。石室地面中央，一股地下水从方解石的盆地中暗涌而出，顺着石室倾斜的地势流入一个黑洞，再从一条狭窄的沟渠淌走。落到潭水表面的手电光被原封不动地折射回来，就像是被某种未知的地下力量生生拗了回去。到处都有水滴落、飞溅，潮湿的洞穴岩壁在光束的照射下像是打了蜡或是喷了漆。

他穿过石室，跟着水流走了出去，穿过了狭窄山峡之后，水流带头奔入了前方的黑暗之中，沿着由它自身塑造的杯状石阶，从一个水潭落到另一个水潭里，沿着一个凸出的岩架，巴拉德敏捷地穿行在岩石之间，双脚恰能跨在水道两侧的某些位置，所以一点也没弄湿，手电光打在灰白的岩质河床上，照见了一些白色的小龙虾，没头没脑地在水中倒退、转弯。

他顺着水道七拐八拐地走了差不多有一英里路，中间有些窄的地方他只能侧着身像击剑选手一样前进，在一条隧道里，他不得不用肚子贴着地面爬行，身旁沟渠里的水发出富含矿物质的臭味，还有些发白的粪便，也不知是什么动物留下的，最后他攀上一道狭缝，爬进藏在水流上方的一条通道，来到了一个高大的钟形山洞。洞壁上有褶积，看上去软趴趴的，上面挂满潮湿的血红色泥土，令山洞具备了有机体的模样，俨然是某种大型野兽的内脏。在深山的肠道之中，巴拉德将手电光投向岩架和石台，只见那上面躺着一个个死人，都好像圣人一般。

凛冬酷寒。他觉得不等冬天过去自己就会变得和那些云杉一样悲惨，它们顺着风的方向歪歪斜斜地从页岩中长出来，拱起的树干上布满苔藓。披着蓝色的冬日暮光，他向山上走去，穿行在巨大的石块和轰然倒地的参天大树之间，他为这世间的沧桑巨变而惊诧不已。树林陷入了混乱，许多树倒下了，该开辟新路了。巴拉德想，要是让他管，他准能把这些树和人都收拾得规规矩矩的。

又下雪了，这次整整下了四天，巴拉德再次下山的时候，他花了将近一整个早上的时间才来到格里尔家上方的山坡。在这个位置，他能听到被距离和飞雪削弱的斧头劈柴的声音，只是什么也看不到。灰白的雪花自空中落下，轻飘飘地挂在他的睫毛上。雪下得悄无声息。巴拉德怀里抱着枪，沿着山坡往格里尔的房子走去。

他趴在谷仓后面，竖起耳朵寻找格里尔的声音。泥潭和粪堆结了冰，深深地印着动物的蹄印。他打算从谷仓里穿过，里面空荡荡的。厩楼堆满了干草。巴拉德站在饲料间的门前，穿过雪帘看向下方房屋灰色的轮廓。他来到鸡舍前，解开牵着搭扣的铁丝，钻了进去。远处墙上一群白羽母鸡挤在狭窄的鸡窝里紧张地看着他。巴拉德走过一排栖木，通过一道铁网门走进了饲料调制间。他把口袋装满玉米粒，然后走了回来。他观察了一下那些母鸡，朝着它们发出咕咕的声音，继而伸手去抓其中的一只。那母鸡发出一串咯咯咯的惊叫，从鸡窝里一飞冲天，扑棱着翅膀从巴拉德身边窜过，晕头转向地落在地面上，一溜烟儿地小跑开了。巴拉德不由得骂了一句。这番折腾之下其余的母鸡也都接二连三地扑棱起来。他猛地一扑，趁有一只正要往外飞的时候一把揪住了它的尾巴。它愤怒地尖叫着，直到巴拉德捏住了它的脖子。他用膝盖夹住枪，双手抓紧这只不断挣扎的母鸡，像乌鸦一样跳到一扇沾满锯末的小窗前向外张望。外面没有一丝动静。你这狗娘养的，他骂那鸡，或者骂格里尔，或者两者皆有。他扭断母鸡的脖子，飞快地到鸡窝里掏了几个鸡蛋放进自己的口袋，才又从鸡舍里出去了。

也许是到了春天，抑或只是天气转暖，林子里的积雪开始融化，冬天的痕迹重新显现在纤细的树干底部，旧时被掩埋的行踪、抗争以及万物衰亡的场景也都一层层地从雪底暴露出来。冬天的故事再次上演，仿佛时间自身发生了逆转。巴拉德走在林子里，不断地用脚把自己以前留在地上的脚印踢掉，它们延伸至此却突然转向，越过山头向他曾经的出生地去了。来来往往的历史记录。一只狐狸的踪迹从雪地里冒了出来，像是在雪面上雕出了一个个细小的蘑菇，群鸟飞过，悄无声息地在雪层上留下深红似血的排泄物，仿佛浆果果渍溅落在此。

到达俯瞰位置之后，他把枪靠在石头上，监视起下面的房子来。烟筒里没有烟。巴拉德双手交叉，眺望远方。他想问格里尔今天去哪儿了。天暗了下来，气温降低，消融的雪水止住了滴落和流淌。巴拉德看着第一片雪花落下，如灰尘般坠入峡谷。

混蛋，你到底在哪儿？他喊道。

两分钟过去了，蕾丝垫布般的雪花一片接着一片落在他交叉着手臂的大衣袖子上，继而消失殆尽。他继续盯梢，无奈那座静悄悄的房子逐渐被灰蒙蒙的落雪遮蔽得模糊不清起来。过了一会儿，他再次提上枪，穿过山脊走到能够看见路的地方。任何方向上都没有人。雪已经落下，你就再也没法看到山谷上边了。几只小鸟突然出现在雪天里，它们经过就像是随风飘舞的落叶，转眼便归于寂静。巴拉德，双膝夹着枪，蹲坐在脚后跟上。他叫雪下得再快一点，雪还真的就变大了。

待雪停了之后，巴拉德每天都去他那半英里长的岬角。他在那儿看着格里尔从屋里出来，要么是去拾柴火，要么是去谷仓或鸡舍。等到他回了屋里，巴拉德便会漫无目的地在林子里乱逛，一边走还一边自言自语，捣鼓出一些古怪的计划。他那穿靴子的脚在地上拖来拖去，踩坏了小动物们活动的痕迹。老鼠离去的足印，或者狐狸夜间捕食的踪迹，看似鸽爪的印迹实则属于一只从空中飞扑下来的猫头鹰。

很早以前，他就开始穿那些女性受害者的内衣了，而现在他出门时连她们的外衣也穿上了。他那模样就像是衣服不合身的哥特玩偶，洋红色的嘴巴松松垮垮地挂在脸上，在周围白茫茫的景色映衬下显得格外鲜艳。峡谷深处露出几个锈迹斑斑的屋顶，升起几缕轻烟。出谷的路变得泥泞不堪，在皑皑白雪之中歪歪斜斜地向上延伸。路的尽头便是层层叠叠的群山，冬日山中烟黑的树木和暗绿的雪松。

从山洞出来的时候，他的脚沾到了洞中的泥土，在地面上留下了血红的足迹，等到翻越山坡的时候脚印又开始慢慢变淡，仿佛积雪为他的双脚止了血，到最后雪地上就只有白色的干脚印了。天空刮起了一阵暖风，春天的假象又出现了。雪化光了，只在湿叶子间还留有些许灰色的冰碴。这种天气下，洞穴深处的蝙蝠开始蠢蠢欲动。一天夜里，巴拉德躺在火堆旁的垫子上看着它们从漆黑的地下通道中出现，在烟雾和尘灰中狂暴地拍打着翅膀，穿过头顶的洞口飞了出去，就像是灵魂从地狱里升起。等它们飞走，他看见洞外簇簇寒星纵横天际，开始思索它们是用什么材质做的，又或者他自己是用什么材质做的。

3

长官，在那边，副警长说道。

好的，继续开，到顶上再转弯。

他们沿着泥泞不堪的山路往上开，汽车有些轻微的甩尾，轮胎下不断地卷起一长条一长条的烂泥，如此这般他们最终来到了山路尽头的环道上。这时候若是去而复返，你能在林子的边缘看见车辆驶入的辙迹，树苗被碾倒在地，轮胎印则沿着山坡一路向下去了。

她在下面，副警长又说。

那车呈侧翻状，坠落在他们脚下几百英尺深的峡谷里。警长没有多看。他掉头看向通往山口转弯处的上行道。真希望我们能早来三天，那样地上还能有些雪，他说，我们下去看看吧。

他们站在车旁，把门向上推开，副警长下到了车里。过了一会儿，他说：长官，车里什么鬼东西都没有。

手套箱呢？

啥也没有。

查查椅子下面。

我看过了。

再仔细搜搜。

副警长从车上爬出来时，手里拿着一个瓶盖。他将这物件递给了警长。

这是什么玩意儿？警长问道。

只有这东西。

警长看着瓶盖，说道，去把行李箱打开。

后备箱里只有一只备胎、一件夹克、一把扳手、几块破布和两只空瓶。警长双手插兜，转头看向峡谷上方的山路。要是你想从这里到那条路，他说——如果你在这儿的话——会怎么走？

副警长伸出手指了个方向。我会直接从那条沟上去，他说。

我也是，警长表示。

你觉得他去了哪里？

我不知道。

你之前说他老妈说他失踪了多久？

自打星期天晚上起就不见了。

他们肯定那女孩和他在一起吗？

他们是这么说的。他俩订婚了。

也许他们从林子里摔下去了，或者其他类似的情况。

可他们不在车里，警长说。

不在吗？

不在。

好吧，那它是怎么到这儿来的？

我想是有人把它推下来的。

好吧，也许他们私奔去了。最好查一下他为了买这车欠了多少钱。那可能会是他们……

我已经查过了，这车是全款买的。

副警长用靴子头踢踢地上的小石子。过了一会儿，他抬起头说道，好吧，你觉得他们去哪儿了？

我想那女孩在哪里他们就在哪里，她本该和我们在上面找到的那个男孩在一起的。

她本来是在和布莱洛克家的那个男孩谈恋爱的，我们刚找他谈过。

这样啊，好吧。现在的年轻人在这方面总是挺活跃的。我们上去吧。

他们沿着山路往上走到山口的转弯处。道路尽头，他们先是贴着路边在泥地上找到了一些鞋印，继而顺着环道往下又找到一些。警长只是冲着它们点点头。

你怎么看，长官？副警长问道。

没啥。可能就是什么人出来小便。他掉转视线看向路的下方。你觉不觉得，他问，要是从这里把车推下去，它会一直跑到我们刚才下车的地方然后冲出马路？

副警长和他一起看向那边。这个嘛，他说，也许吧。我得说的确有这个可能。

我也觉得，警长说道。

接近那辆皮卡时，巴拉德脚上的新鞋陷进了泥里。他用胳膊夹住枪，手里则握着一只手电筒。到了卡车边上，他拉开车门，打开手电，黄色的光束捕捉到两张苍白的脸，是一对搂抱在一起的年轻男女。

女孩先开口说话了。她说：他有枪。

巴拉德觉得脑袋有些迟钝。他忘记了自己的目的，他们仨就像是为了别的什么事情才凑在一起的。他说：驾照拿出来看看。

你管不着我们，男孩说道。

我就是专门管你俩这档子事的，巴拉德说，你们在这儿干吗呢？

我们就是在这儿坐坐，女孩说。她的肩膀上别了一束纱制的羊齿草，上面还插着两朵暗红色的绉布玫瑰。

你俩打算在这儿搞一下，不是吗？他盯着他们的脸。

你最好说话当心点，男孩说道。

你想咋的？

把枪放下，不然我真动手了。

你以为你是小青蛙啊，来跳一个，巴拉德说。

男孩伸手到仪表盘上去点火，准备把车子发动起来。

住手，巴拉德说。

引擎没有启动。男孩抬起手，似乎是要挡住巴拉德举起的枪口，而就在此时他的脖子被击穿了。他向侧面滑去，倒在女孩的腿上。她用双手捂住嘴，轻声说道，哦不。

巴拉德将另一发子弹转进枪膛。我告诉过那个白痴，他说，不是吗？我真不懂为什么人们就不能好好听话。

女孩看了男孩一会儿，然后抬头看向巴拉德。她把双手举在空中，似乎不知道该把它们放在哪儿。她说，你为什么要这么做？

都怪他自己，巴拉德说，我告诉过这个蠢蛋。

上帝啊，女孩说。

你最好下车。

什么?

下来。给我下车。

你要干什么?

这是我的事，待会儿你就知道了。

女孩将男孩从她身上推开，从座椅那头移了过来，她踏出车，一脚踩在路上的污泥里。

转过身去，巴拉德说道。

你要干什么?

转过身去，别担心。

我要去厕所，女孩说道。

你大可不必操心那事了，巴拉德说。

他推搡着女孩的肩膀，将她转过去。他把枪口抵在了女孩的颅底，接着就开了枪。

女孩向地面倒去，似乎她身体里的每根骨头都化作了水。巴拉德想要抓住她，但她还是重重地摔进了泥里。他抓住裙子的领口将她提起，但是衣料却在他的手中撕裂了，最后他只好把枪靠在卡车的翼子板上，抓着她的腋下将她提了起来。

他倒退着把女孩拖进草丛里，还不时地回头观察四周。她的头耷拉着，血顺着脖子往下淌，鞋子也在拖拽中被弄掉了。他喘着粗气，眼神狂暴，还翻起了白眼。进了林子，他便把她放了下来，扑上去，亲吻那尚有余温的嘴唇，抚摩衣服下的肉体，而马路就在不到五十英尺外的地方。突然他停住了动作，抬起身来。他掀起裙子向下看去。她刚才居然吓得失禁了。他骂起人来，拉下她的内裤，又用裙边轻轻擦拭她的大腿。他的裤子已经褪到了膝盖，可就在这时他听到了卡车发动的声音。

他发出了和女孩截然不同的声音。那是一种干巴巴的抽吸空气的声音，听不见却透着恐惧。他从地上腾起，提上裤子就蹿出草丛往马路方向奔去了。

忽见一只山怪从树林里跳出，手里攥着一条沾满血污的内裤，嘴里还叽里咕噜地高声狂叫，它沿着下山的石子路一路猛冲，疯了似的追在一辆没开灯的卡车后面，车身一半已经逐渐没入了扬尘之中。他咚咚地往山下拔足狂奔，似要到跑不动或喊不动的时候才会止步。可没过多久，他便已经停了下来系腰带了，他扶着腰摇摇晃晃地向前走去，最后一屁股跌坐在地上，边喘着粗气边对自己说：你跑不远的，你这该死的狗娘养的家伙。他已经下到了山腰，却发现枪没带在身边。他停下脚步。但过了一会儿，他还是继续上路了。

等沿峡谷山路出来，他开始俯瞰下方的公路。月华之下，他穷极目力只看出路上还留着一条淡淡的尘土印子，就像雾气笼罩下的一道暗河。巴拉德的心像颗石头一样躺在胸腔里。他在尘土飞扬的山路上蹲下，待呼吸平复了便站起身掉头回山上去了。起初他想跑一跑，却无能为力。又过了差不多一个小时，他终于走完三英里路，回到了山顶。

他找到了那支枪，它已经从翼子板上滑到了地上，他检查了一下枪，又走进林子里。她还躺在那里，跟他离开的时候一模一样，只是随着死亡时间的推移她变得冰冷僵硬。巴拉德叫骂起来，一直号到嗓子噎住，然后他跪倒在地，将她挪到肩上，艰难地站了起来。他背着这玩意儿疾步走下山去，看上去就像是一个被某种鬼魅缠住的人，死掉的女孩骑在他背上，两腿弓起，双手叉腰，像极了一只怪异的青蛙。

巴拉德从山丘的鞍部看着他们，这个小东西蹲在那儿沉思，胳膊下夹着来福枪。雨已经下了三天。远处下方小溪里的水已经漫过了堤岸，田野灌满了水，大片积水中漂浮着冬季的野草和草料。巴拉德的头发已经湿成了一缕缕的，从瘦削的脑袋上挂了下来，灰色的水珠不断地从头发和鼻尖上滴落下来。

夜里，山坡上亮起了闪烁的油灯与手电光。深冬季节，一些不知是林中酒客还是猎人的人们在黑暗中呼朋引伴。与此同时，巴拉德正带着他那些破破烂烂的家当沿着山体内的石头隧道飞快地从他们下方经过。

天快亮时，他从另一侧山坡上的一个岩洞中钻了出来，像只土拨鼠似的四下张望，然后才让自己全身心地沐浴在淫雨霏霏的晨光之中。他开始穿越稀薄的树林往远处的空地走去，一只手提着来福枪，身上则背着用毯子打包好的生活用具。

他翻过篱笆，进入了一块被水淹了大半的田地，继续朝小溪的方向前进。溪流的浅滩已经变成了原来的两倍多宽了。巴拉德查看了一下水流便往下游去了。过了一会儿，他又折了回来。水已经彻底浑了，呈现出浓厚的砖红色，嘶啦嘶啦地冲刷着岸边的芦苇丛。就在他看着水面的这会儿，一只溺水的母猪被冲到了浅滩之上，边旋转边缓慢地向前漂去，露出两排肿胀的粉红色乳头。巴拉德将包裹藏在一片茅草丛中，再次返回了山洞。

等他回到小溪时，水似乎涨得更高了。这次他搬了一箱奇怪的杂物过来，有男装和女装，以及三只带着泥痕的巨型毛绒玩具。他把枪和之前带出来的一包东西也扛上，然后重新踏进水里。

洪水如狂暴的蝠翼般顺着腿往上爬。巴拉德走得有些蹒跚，他重新找了找平衡，把身上的东西拉了拉才又往前走。还没等他蹚到河床，水就已经齐膝了。眼见水淹到腰部，他开始大声咒骂起来，愤怒地诅咒洪水退去。他显然并不打算原路返回，除非这水能把他吞没。然而水真的就要没过他整个人了。

湍急的水流已经到了他的胸口，他身子后倾，踮着脚尖战战兢兢地挣扎着前进，不料这时水面猛地漂来一根木头。见它靠近，他破口大骂，那木头缓缓地转动着，掉转过粗的一头向他撞了过来，就像是被某种怨气冲天的东西附了体。蠢东西。他冲着它尖叫起来，那声音被周围洪水的咆哮盖过变得低哑粗粝。它继续在水中浮浮沉沉，周边荡起一片浅褐色的泡沫，里面漂着一些核桃和树枝，还有一只细长的瓶子颈，一会儿竖直一会儿倾斜，就像节拍器一样。

蠢东西，真该死。巴拉德提起枪管用力推了那浮木一把。木头的一端迅速向他摆来，他赶紧用枪管从上方将它钩住，可身上的木箱已经倾覆在水中，渐渐漂走。巴拉德和那木头一起被卷进浅滩下方的湍流中，周围乱糟糟的声音令他晕头转向，但枪还紧握在手里，高举过头，活像某个因身陷沼泽而性情狂暴的英雄，又像是对一张满是污泥的爱国主义宣传海报的狼狈戏仿，他张大嘴巴，凄厉地呼喊咒骂，直到木头漂进一个更深的潭里翻滚起来，水从四面八方涌来，将他彻底淹了下去。

他胡乱扑腾着从潭底冒出，噼里啪啦地拍着水，开始左摇右摆地朝一排柳树划去，那里是遭洪水吞噬的溪岸。他不会游泳，但你又如何能将他淹死？怒气似乎帮助他浮了起来，而一路上不时地在漂浮物中稍作停留就目前来看也甚为管用。看看他吧。你可以说，这人的命是由他的那些乡亲们所维系着的，就像你自己一样。住在岸上，同他们一起向他呼唤。这一族人哺喂那些伤残和疯癫的人，想要把他们的异端血统写入历史，并也终将得偿所愿。但他们想要这个人的性命。他曾听见他们在夜里打着灯笼骂骂咧咧地找他。所以，他是怎么撑下来的？更确切地说，为什么眼下的这些水还没能杀死他？

到了长柳树的地方，他停了下来，发现脚下的水已不足一英尺深。他转过身来，冲着洪水泛滥的溪流和仍旧阴雨连绵的灰暗天空来来回回地甩动来福枪，他的骂声飙扬在轰鸣的激流上空，传到山中又反射回来，就像是从疯人院里飘出的回声。

他啪啪地踩着水走上高地，着手清膛、拆枪，把子弹放进衬衣口袋，又用食指擦掉枪上的水，他一边往枪管里吹气，一边轻声跟自己嘀咕。做完这些，他掏出子弹擦到尽可能地干，然后把它们重新填回了枪里，还把一颗转进了膛内。干完活，他一路小跑往下游方向去了。

他找到的唯一一件东西是那个木箱，但里面空无一物。有一瞬间，他感觉远远地看见玩具熊从下游的洪水中突然出现，可它们很快便转到了一排树的后面，消失在他的视野里，与此同时，他比自己想象得还要更接近公路，因而只能悻悻离开。

后来，他爬到了山上更高的地方。这是一个陡峭阴暗的溪谷，迅猛的洪流在河道中怒号。巴拉德小心翼翼地走上一座布满青苔的独木桥，背上驮着那张浸满泥浆的床垫，身子都压得直不起来了，手却还放在胸前攥着那杆来福枪。桥下溪水甚是洁白，湍流奔腾不息，形态甚为恒定。岩石甚是黝黑。

抵达山上的天坑时，床垫已经吸饱雨水，重压之下巴拉德的脚步也踉跄起来。他从天坑石壁上的一个洞里爬了下去，又将身后的垫子拉了进去。

整个晚上，他都在搬运他的家当，而雨也下了整整一夜。等到他将最后一具腐臭的尸体从天坑石壁运送进去，又拖着它穿过一条滴水的阴暗地道后，拂晓已经降临，在哭泣的东边天空中破出一道浅灰色的天光。他的足迹穿过了林中深色的落叶，脚后跟在地上拖出印子，就像有一辆小推车从那里经过。夜里结冰了，他从一片布满薄薄冰碴的草地中钻了出来，走进树林，那儿的树都被冰禁锢了，每根枝条都像是玻璃中的黑色小骨头，在寒风中哀号、碎裂。巴拉德的裤腿已经冻成了两个圆筒，在脚踝处碰撞出卡啦卡啦的声音，而他的脚趾早已在冰冷的鞋里冻得毫无血色。他从天坑里出来看看白昼，几乎要累到哭泣。

传说中的荒原死气沉沉，没有一丝动静，树林被装点了霜花，野草从水晶般的白色幻想中螺旋上升，像是在山洞的地面上镶嵌了一条石头蕾丝。他还在不住地怨天怨地。不论哪种声音说出了他的心意，都必不是魔鬼，而是某种长期潜伏的自我意识，时不时地打着理智的名号出来驯服他，像一只无形的手将他从灾难性的愤怒边缘拽了回来。

山洞里，他在靠着小溪的地上生了一堆火。烟雾聚在洞顶，慢慢地从无数缝隙、孔洞中渗透出去，在滴着水的林子中升起一片阴森森的迷雾。他试了下枪的状况，发现它被冻得牢牢的。他跪在枪管上与之搏斗，两只手去掰枪上的拉机柄。眼见那杠杆纹丝不动，他便把枪扔进了火里。趁着还只有前托被烤焦，他又将它拿了出来靠在墙上。他把野菊苣碾碎放进发黑的咖啡壶里，给壶里灌满了水。壶在火焰中慢慢煮开，嘶嘶作响。在向内凹陷的石壁上，巴拉德的影子突然变得幽暗怪异。他拿出一锅吃剩的玉米面包放到火旁，干巴巴的表皮立刻卷了起来，就像是夏季溪谷里的黏土碎块。

暗无天日的正午，他被冻醒了，于是起床添火。一阵阵火辣的剧痛在他的脚上蔓延开来。他又躺下了。床垫上的水已经打湿了他的背，他躺在那儿瑟瑟发抖，双臂交叉抱在胸口，过了一会儿他又睡着了。

再次醒来时，脚已经疼痛不堪。他坐起身握住了自己的脚，高声哀号。他大踏步地穿过石头地面，来到水边坐下，将脚伸了进去。山泉水感觉是热的。他坐在那儿泡脚，嘴里语无伦次地嘟囔着，这声音在洞穴四壁间回荡，不大像哭喊，倒像是一群招人喜欢的猿猴聚在一起嘀嘀咕咕。

法院前的台阶上，洪水已经没过草坪涌了过来，塞维尔县的警长走到最接近水面的那级石阶停住了脚步，他的目光扫过光滑如镜的灰暗水面，注视着满地的垃圾。沟渠里的水悄无声息地上涨，已经漫过了大街小巷，路边的停车计时器只有顶部还露在外面，它们偏向左方，不动声色地指示出那里有水流动的迹象，小鸽子河的干流汹涌，带动公寓里的积水也开始缓缓地泛起波纹。副警长驾驶着小帆船前来，警长看着他穿过草地，轻轻摇了摇头。副警长摆动船尾将船掉了个头，他划起倒桨，直到舺板重重地撞上了警长脚下的石阶。

科顿，你可真是个划船高手。

你说得太对了。

你到底去哪儿了？

桨手收住双桨，船猛地往下一沉。

你是打算像拿破仑那样站着乘船吗？我迟到是因为要给比尔·斯克鲁格斯开罚单。

开罚单？

是啊，我抓到他开着摩托艇在布鲁斯大街超速了。

胡说八道。

副警长笑了起来，把船桨往水里一戳。这恐怕是你听过的最扯的事了吧，他说。

天空飘着毛毛细雨。警长从滴水的帽檐下凝望着这个被洪水淹没的小镇。你该不会是在什么地方看到了一个长胡子老头在造一艘超级大船吧？他问。

他们划到镇里的主干道上，沿途经过了数间被水淹了的商店和小咖啡店。两个男人划着一只小船从一家商店里出来，船上摆满了脏兮兮的盒子，还散放着几堆衣服。一个划着船，另一个跟在后面蹚水。

早上好，警长，水中的男人边喊边举起了手。

埃德，你早，警长回应道。

船上的男人也扬起下巴打了个招呼。

帕克先生去见你了吗？水中的男人问道。

我们正要去他那儿。

这么看来，麻烦倒能让人们亲近，而不是总有人想着抢别人的东西。

但对于有些人，你拿他一点办法也没有，警长说。

可不是嘛。

他们继续向前划去。注意安全，警长嘱咐道。

好的，水中的男人应道。

他们划进五金店的门口，副警长把船桨收进船内。店内的灯光下，人们正扑哧扑哧地踩着水到处走动。一个男人爬进橱窗，透过破掉的玻璃瞅见了外面的警长。

你好，费特，他说道。

你好，尤斯蒂斯。

他们拿走的最要紧的东西就是枪了。

他们拿走了枪啊。

我甚至不知道他们拿走了多少把枪。我想我们损失了一年的货。

你能查出它们的数量吗？

除非水退了。前提是它们能退下去。库存单在地下室。

好吧。

明天应该就能放晴了。不过现在这个时候我真的屁都不在乎。不是吗?

这真是我们这一辈人见过的最糟糕的情况了，警长说道。

最糟糕的可能还是一八八五年的时候，他们说整个镇都被淹在水底下了。

真的吗?

我是这么听说的，副警长说。

我倒是知道它被烧光了五六次，店主人说道，你觉不觉得有些地方上帝就是不想让人住在那里?

可能吧，警长答道，不过要是这样的话，他在这儿可有的是死心眼的人要应付了，不是吗?

要是没有就见鬼了。

有什么我能帮忙的吗?

嗨，没有啥事。我们正打算捞回一些东西。我也不知道。肯定是一团糟。

好吧。要是搞清楚数目了，你得告诉我。它们以后很可能出现在诺克斯维尔的各个角落。

我倒希望那些偷枪的狗崽子们能把枪还回来。

我懂你的意思。我们尽力吧。

好吧。

行吧，我得发船了，我们还要去拿信。

副警长咧着嘴笑笑，又把船桨伸进了灰蒙蒙的水里，四周都是些瓶子、板子，还有漂浮在水面上的水果。

费特，晚点我们再谈，店主人说。

好的，尤斯蒂斯。我真不愿意看到你被人入室打劫。

唉。

他们划着船顺着街道离开了，到了邮局他们把帆船停在门口的台阶旁就进去了。

早安，特纳警长，一个模样可亲的女人坐在装有铁栅栏的窗口后面向他们打着招呼。

早安，沃克太太，你好吗？

潮湿天。你怎么样？

这不是来办事嘛。

她解开放在柜台下方的一捆邮件。

是这封吗？

是这封。

他把信匆匆翻看了一遍。

你们有没有找到那些个从自己车里消失的人啊?

找到一个就能找到所有人。

好吧，那你们什么时候能找到一个啊?

我们会找到他们的。

我以前都不知道这地方有这么坏，女人说道。

警长笑笑。以前更糟，他说。

他们沿着布鲁斯街往回划，突然听见头顶上方的窗户里有人跟他们打招呼。警长向后仰去，想要看看是谁在说话，他眯着眼睛，生怕毛毛细雨落进眼里。

费特，你是去法院吗?

是啊。

能搭一程吗?

来吧。

我拿一下大衣，马上下来。

一座砖砌店面楼的一侧，一个老人出现在一段楼梯的顶端。他关好身后的门，整了整帽子，小心翼翼地走下楼来。副警长将船倒至船尾抵上楼梯台阶，老人粗暴地抓住他俩的肩膀，迈步踏进船里，坐了下来。

今天老太婆跟我说：这洪水是天罚。是什么罪孽的报应。

我跟她讲，要真是这样，照现在这种状况，那得是塞维尔县的每个人都烂到骨子里了。她也许觉得他们就是那样，我不好说。你怎么样，年轻的朋友？

我很好，副警长应道。

这个人能给你讲讲白帽子的事情，警长说。

人们才不想听那个呢，老人说。

科顿这家伙说听着像是个好主意，警长说，能让人们规规矩矩的。

老人打量了一下正在划船的副警长。孩子，别信，他说，他们不过是一群卑贱的盗贼、胆小鬼和杀人犯。他们唯一做过的事情就是打老婆和抢老人家的积蓄。那都是些拿养老金的和寡妇。他们还会在夜里把人杀死在床上。

那么“蓝嘴雀”呢？

这个帮派成立就是来对抗白帽子们的，但是这些人也一样怂。他们听说白帽子们去了哪里——比如鸽子谷——就赶到那里，拆了桥上的板子，躺在草丛里听白帽子们掉下去的声音。他们在全县范围内互相追杀了两年，可从来没有正面交锋过，唯一的一次照面还是个意外，那是个很狭小的地方，两伙人都没法跑掉。那些人都是不折不扣的混蛋，每个人都是三百六十度无差别的狗崽子，我爹说这话的意思就是无论你从哪个角度看他们都是狗娘养的。

最后怎么样了？

最后就是有个有点胆量的男人站出来收拾了他们，那个人叫作汤姆·戴维斯。

这人可真是根顶梁柱，是不是啊，韦德先生？

他就是那样的。解散白帽子的时候他还只是米勒德·梅普尔斯警长的副手。他自掏腰包往纳什维尔跑了三四回，终于向立法部门申请通过了一项法令，为诺克斯维尔刑事法院增设巡回法院，这样塞维尔维尔就能有个新法官了，他也能开始追查白帽子了。他们用尽了世间的一切办法想要杀掉他。有一晚甚至派了一个大块头的黑鬼去袭击从诺克斯维尔回来的戴维斯。那些日子，你要是坐轮船，那个黑人就会出现在河中间的另一艘船上，然后开枪打他。汤姆·戴维斯把枪从他手上夺了过来，然后送他去蹲了监狱。那个时候，白帽子们成群结队地离开了塞维尔县。他才不在乎他们去了哪里，跑到肯塔基、北卡和得州把他们抓了回来。他总是单枪匹马地离开，一去就是几个星期，回来的时候手里的绳子上串了好些白帽子，就像牵着一群马。在我认识的人里，他是最遭人恨的一个。这人受过教育。以前在学校做老师。本来塞维尔县自内战起就没有民主党人当选过警长，可汤姆·戴维斯参选时人们都选了他。

你不记得一八八五年的洪水了，是吧？副警长问。

我是那一年出生的，所以对这件事记得不太清楚。

那么，韦德先生，吊死那两人是在哪一年？

一八九九年。普里斯·韦恩和卡特利特·蒂普顿杀害了惠利夫妇。这俩人把人家拖下床，当着他们小女儿的面打爆了他们的头。凶手们先是被羁押了两年，等待上诉之类的程序。还有个叫鲍勃·韦德的也牵涉在里面，我要郑重声明，他和我毫无血缘关系。我想他是去蹲大牢了。蒂普顿和韦恩，他们就是在那边法院前的草坪上被绞死的。那天恰好是元旦。我记得周围还挂着冬青枝和圣诞蜡烛。他们竖起了一个巨大的绞刑架，台子上有一个活动门，能让两人同时掉下去。人们提前一晚就动身到镇上来了，夜里就睡在车上，人真多啊。还有人在法院前的草坪上铺上了毯子。哪儿哪儿都是人。你都没法到镇上吃顿饭，队伍排得是里三层外三层。女人们就在街上卖起了三明治。那时候汤姆·戴维斯已经是警长了。他将犯人们从牢里提出来，又带了两名牧师随行，还有那两人的妻子，她们挽着各自丈夫的胳膊，一行人就像去教堂做礼拜。他们全都站到绞刑台上，然后开始唱歌，观众一个接一个地跟着唱了起来。男人们都抓着他们的帽子。我那时十三岁，现在想起来就跟发生在昨天似的。整个镇上以及塞维尔县一半的人都在唱《我时刻需要你》。牧师念了一段祷文，妻子们便和丈夫吻别，走下绞刑台，转过身来看着，接着牧师也走下来了，周围变得无比安静。这时他们脚下的机关被一脚踢开，两个人掉了下去，吊在那里一抽一蹬地挣扎着，动了差不多——我也不太清楚——十到十五分钟吧。从那以后我再也不觉得绞刑是个痛快仁慈的死法了。真的不是。塞维尔县的白帽子就此覆灭了。现在人们都不大愿意谈论这件事了。

你觉不觉得那时候的人比现在要坏？副警长问道。

老人看向周围洪水泛滥的小镇说道，不，我不这么认为。我觉得从上帝造人那天起人就没有变过。

在爬上法院门口的台阶时，他正在给他们讲一个老隐士以前是怎么在屋山上生活的故事，那人长发过膝，用叶子蔽体，活像一个衣衫褴褛的地精，人们时常会到他栖身的岩洞前，大着胆子往洞里扔石头，高声唤他出来。

春天到了，巴拉德看见两只正在交尾的鹰从空中落下，翅膀斜举以遮挡阳光，悄无声息地分开，在树梢上舒展身姿，而后，伴着尖声长唳，又盘旋着回到上空。他继续盯着它们看，想知道是不是有一只受了伤。他不清楚鹰是怎样交配的，但他知道所有生物都会打架。他离开了那条经过山谷的古马道，换到一条只有他本人才知道的秘密小路上。他要翻到大山前面，回自己曾经居住过的村子看看。

他背靠一块岩石坐下，身子从中汲取到些许温暖，风依旧寒冷，吹得地上稀疏的高山羊齿草和脆弱的灰色蕨类植物颤颤巍巍的。他看到一辆空骡车从下面的山谷往上驶来，远远地能听到嗒嗒的蹄声，骡子在浅滩里停下，可不动了的车子依旧发出向前滚动的声音，仿佛声音主宰了物质的存在，直到全部传进他的耳中。他看见骡子在喝水，车座上的男人抬起一只胳膊，随后车就又上路了，这时候一点声音也听不到了，待他们走出溪流，走上山路，山谷中才又远远地传来含糊呆板的隆隆声。

他注视着山中万物的细微变化，灰色的田野在犁头的作用下逐渐翻黑，现出一条条沟来，树木回春，绿色慢慢覆上整个大地。巴拉德蹲在地上，任由脑袋垂在膝间，放声大哭起来。

他睁着眼干躺在漆黑的洞穴里，感觉听到了一记口哨，那情景就像孩提时候的晚上，他睡在床上却听见回家途中的父亲吹起口哨，一个孤独的吹奏者，而眼下唯一的声响是水流发出的，它一路向下淌过整个洞穴又消失不见，也许是涌入了地球中心某片不知名的汪洋。

那晚，他梦到自己骑着骡子穿过树林，走在一座低矮的山脊上。在他的下方，阳光普照的草原上有鹿群出没。草叶还是湿的，高及鹿肘。他能够感觉到胯下骡子的脊骨在晃动，便用腿夹紧了它圆滚滚的身子。每一片从脸上扫过的叶子都会加深他的忧伤和恐惧。他永远无法重复经过任何一片叶子。它们贴在他的脸上就像是面纱，已经有些泛黄，而那些脉络就像是透着阳光的嶙峋瘦骨。他决心继续前行，因为已经无路可回，那天的世界和往常的任何一天一样可爱，可他却在骑着骡子迈向死亡。

五月的一个早上，天气晴朗，约翰·格里尔走到房子后面去挖一个化粪池。正当他挖得起劲，莱斯特·巴拉德从泵站后面走了出来，头上戴着恐怖的假发，身上还套着好几条裙子。他抬起了来福枪，静静地扳好击锤，扣下扳机，又像猎人们那样慢慢松开扳机让它回到枪口的缺口里。

他开火的时候，格里尔正将一锹土举过肩膀。等到枪声在山丘背风处消失了好久，他才听到从那个男人头顶传来表示厄运被逆转的清脆声音，格里尔僵在那里，铁锹还举在空中，原来刚才那颗小小的铅弹击中的正是那明晃晃、像大奖章似的铁锹头，他看到远处站着一个不知是什么的东西，正自言自语地咒骂着，手里还在拨弄着一杆枪，就像是一个被从虚无中创造出来的幽灵，恶意满满地想要袭击他。他赶紧抛下锹，开始拔足狂奔。趁他经过的时候，巴拉德击穿了他的身体，格里尔脚下一顿，跑得有些踉跄。眼瞅着对方就要转过房子拐角，巴拉德又给了他一枪，却不知道打中了哪里。他自己也跑了起来，嘴里还在不住地骂人，手上的枪又填好了子弹。追到拐角处，他却收回了那只快要伸出去的脚，转过身在泥地上狠狠地画了一条斜线，他现在单手持枪，大拇指钩住击锤，脚下则采用了一套发疯似的跳跃步伐，飞速地朝门口奔去。

他看上去就像是一只要挣脱弹簧似的拴绳的动物，又像是电影剪辑艺术的某种滑稽发明。他的身影一下子从门里消失，但几乎同一时刻又被一股强大的冲击力震得从里面飞了出来，他在空中打了个转，一条胳膊以一种奇怪的弯曲姿态飞了出去。他的眼前泛起一片淡粉色的血雾，衣服也被撕成了碎片。一片嘈杂之中来福枪无声地撞上了门廊地板。巴拉德先是吃力地在地上坐了一会儿，然后便跌进了院子。

尽管格里尔被击穿了前胸，他还是提着霰弹枪从门口摇摇晃晃地走了出来，走到台阶下面去看自己射中的那东西。在台阶底下，他拾起了一顶看似假发的东西，定睛一看却是一整块干了的人类头皮。

巴拉德在暗如黑夜的房间里醒来。

他在一个亮如白昼的房间里醒来。

在一个弄不清现在是黎明还是黄昏的房间里醒来，这里布满微尘，在一道前所未见的光束照耀下，短暂地亮了起来，如迷你萤火虫般随意地飘在空中。他打量了它们一会儿，举起一只手。没有手被举起来。他举起另一只手，阳光在他的前臂投下一条黄色的光带。他环顾四周。钢制的台子上放着一些不锈钢的罐子。一壶水和一只玻璃杯。巴拉德穿着薄薄的白色长袍躺在一个白色的小房间里，活像个冒牌的裹礼员，又像是典型的重刑犯。一个专业的恐怖分子，一只业余的食尸鬼。

醒来几分钟后，他才感觉到自己丢了条手臂。

它根本就不在床上。

他把床单从脖子周围拉下来，仔细地看了下肩膀上裹着的一大堆绷带，脸上显然并不吃惊。他往旁边看去。这是个几乎跟床一般宽的房间。在他的身后有一扇小窗，可惜他没法伸长脖子看到外面，因为那会很痛。

没人和他说话。一个护士端着一个锡制托盘走了进来，帮他坐直了身子，巴拉德还在试着用那只没了的手臂保持身体平衡。一碗汤、一份蛋奶冻，四分之一品脱的甜牛奶，装在一只涂蜡纸盒里。巴拉德用勺子戳了戳食物，又躺了回去。

他躺着做了个白日梦，脑海中全是泛黄的石膏天花板与墙面上部的裂缝，就算是闭上眼睛也能看见它们。细细的裂纹不断蔓延，横贯了他那原本就被腐蚀得空空如也的大脑。他看着从县医院病号服短袖中伸出来的一个纱布团，感觉像是看见了一个打着绷带的大号拇指。他想知道他们对他的胳膊做了什么，便决定开口问问。

护士端晚饭来时，他开口问道：他们把我的膀子怎么样了？

她拉起桌板，将托盘放在了上面。你的胳膊被枪打掉了，她说。

这我清楚。我就想知道你们对它都做了什么。

我不知道。

你压根儿就不在乎，对吗？

没错。

我会搞清楚的。我肯定能。一直站在门口的那家伙是谁？

他是县里的副警长。

县里的副警长。

是的，她又说，你开枪打伤的那个男人怎么样了？

他？

你难道就不想知道他到底是死是活吗？

好吧。

他从展开的亚麻手帕里拿出餐具。

好吧什么？她说。

好吧就是他是死是活？

他活着。

她注视着他的神情。他舀了一勺苹果酱，拿起来看看又放下了，转而开了一盒牛奶喝了起来。

看来你真的不在乎事情的结果，她又说。

不，我在乎，巴拉德说道，我真希望那狗杂种死了。

吃过东西，他开始盯着墙看。他用了那个便盆或者夜壶。有时候他能听到其他房间里播放广播的声音。一天晚上，一些看上去应该是猎人的人找上他了。

他们先是在门外交谈了一会儿。接着，门打开了，一群男人走了进来，挤满了整个房间。他们聚在巴拉德的床边。他本来已经睡着了。他挣扎着从床上坐起来，向来人望去。这群人里有他认识的，其余则都是陌生面孔。他的心一下子揪了起来。

莱斯特，块头最大的那个男人说道，她们的尸体在哪儿？

我压根儿不知道什么尸体。

不，你知道。你杀了几个人？

我谁也没杀。

你敢说你没杀？你杀了莱恩家的女孩，又把她和那个婴儿连同整间房子都烧成了灰，你还在蛙山上把人杀死在他们停着的车子里。

我可从没干过那种事。

他们一言不发地盯着他。沉默了一会儿，刚才的男人说道：起来，莱斯特。

巴拉德抓紧了被子。他们不准我起来，他说。

一个男人走上前来，掀掉了他的被子。巴拉德那两条细细的长腿立刻暴露在光天化日之下，在床单的映衬下显得有些灰黄。

起来。

巴拉德攥住睡袍的下摆，用力拉了几下，似乎想要将自己隐藏起来。他把两条腿荡过床沿，就这么在床边坐了一分钟。然后他站起身来。他又坐了回去，手紧紧地把住了床上的小台子。咱们要去哪儿？他问。

人群的后排里有人说了些什么，可惜巴拉德并没有听清楚。

你就只有这么一件穿的吗？

我不知道。

他们打开一个柜子，但里面只有一只桶和几个拖把。他们站在那儿望着巴拉德。他看上去不怎么样。

真要去的话，我们最好现在就从这儿出去。厄尔可能已经去找警长了。

巴拉德，我们走吧。

他们把他架起来，推到门边，排成一排紧跟在他身后。他回头看了床一眼。然后便和他们沿着医院宽敞的走道向外走去。经过那些敞开的病房门口时，卧床的人们纷纷注视着他的离开，他感到脚下的油毡凉冰冰的，走路时腿有些摇晃。

这是个凉爽的晴夜。巴拉德抬眼看了看医院停车场柱灯上方星星的清辉。他们走过漆黑的柏油路，刚下过雨的路面还有些湿，男人们拉开一辆皮卡的门，示意巴拉德上车。他爬到驾驶舱内坐下，两条光腿并拢了放在身前。男人们从另一侧上了车，紧接着引擎发动，车灯亮起，停车场里其他汽车、卡车的车灯也都亮了起来。巴拉德像个孩子似的把膝盖挪来挪去，好让身边的男人摸到挡位。他们开出停车场，沿着街道走远了。

咱们这是要去哪儿？巴拉德问。

等到了就都知道了，司机说道。

这支由汽车和卡车组成的车队驶出了公路，往山里开去。他们在一座房子前停了下来。一个男人从巴拉德后面的一辆车上下来，走到门口。一个女人让他进去了。屋内吊着一只光秃秃的灯泡，借着那刺眼的光芒，他能看到那个女人，还有几个孩子。过了一会儿，男人又出来了，他走到皮卡前从车窗里递进来一个包裹。叫他把这些穿上，他说。

司机将包裹交给巴拉德。穿好衣服，他说。包裹里是一条工装裤和一件军装衬衫。

他坐在皮卡里，腿上放着那些衣服，他们继续沿着山路往上开。中途，他们拐进了一条泥路，在矮丘里绕来绕去，车头灯的灯光被周围的黑松林切割得断断续续。后来他们又开上了一条杂草丛生的路，终于来到一片地势很高的草场，一座废弃锯木厂的断壁残垣矗立在星光之下。工棚的窗户玻璃已经被石头砸碎了，里面一点光也没有。成堆的灰色木料，一堆锯末，已经成了狐狸的栖身之所。

卡车司机打开车门走了出去。其他车辆也在旁边停下，人们开始聚拢过来。四下响起一片窃窃私语，中间还夹杂着关车门的声音。巴拉德穿着睡袍，光着小腿，独自坐在卡车座位里。

叫奥蒂斯看着他。

我们干吗不把他带上来。

他待在那边就好。

他怎么不把那些衣服换上。

车门被拉开了。你不冷吗？一个男人问。

巴拉德一言不发地看着他。他的胳膊很疼。

叫他把衣服换上。

他叫你把衣服穿上，男人说道。

巴拉德开始在包裹里寻找袖口和裤脚。

奥蒂斯，你看着他。

我想我们应该把他的手绑上。

你可以像捆骡子那样把他的手绑到一条腿上。

杰里，把那个罐子放下，从哪儿拿来的就放回哪儿去。我们办的可是正事。

巴拉德穿上衬衫，摸索着扣好纽扣。他从没试过用一只手扣纽扣，所以有些笨拙。他将工装裤提上来，又系好了背带。裤子很软，闻上去还有肥皂的味道，里面再装一个巴拉德还绰绰有余。他把空荡荡的袖管塞进工装裤里，然后开始环顾四周。卡车车厢里蹲着一个拿着霰弹枪的男人，他正透过后窗玻璃监视着巴拉德。山上的锯木厂旁，一条火舌在风中蹿动，男人们纷纷聚集到它的周围。巴拉德按下了自己面前手套箱门上的按钮，那门向下打开了。他伸手在纸堆里摸了摸，可什么也没有找到。他合上箱门。过了一会儿，他朝后窗转过身去。

你那后边有烟吗？他问。

监视的男人探身过来，手里拿着一包烟，从打开的窗户递了上来。巴拉德拿了一根放进嘴里。有火吗？他又问。

男人给了他一根火柴，然后说道：你是怎么下定决心来遭人骂的啊？

又不是我自己要到这儿来的，巴拉德说。

他在仪表盘上擦着火柴，点上烟，坐在黑暗中边吸边看着山上的那堆火。过了一会儿，一个男人走了过来，打开车门叫巴拉德出去。他费劲地爬下车站好，身上穿着那条工装裤。

奥蒂斯，把他带上来。

巴拉德被枪指着，步履蹒跚地往山上走。中间他不得不停下来把裤腿卷上去。他站在火堆前，低头看着自己光着的脚。

巴拉德。

巴拉德没有回答。

巴拉德，我们打算给你个机会，让你自己轻松一点。

巴拉德等着他继续往下说。

你告诉我们你把那些人放哪里了，这样她们就能被体面地安葬，我们也会把你送回医院里，让你有机会接受法律的审判。

我要说的都已经说过了，巴拉德说。

巴拉德，她们的尸体在哪儿？

我压根儿不知道什么尸体。

这就是你最后的回答吗？

巴拉德说是的。

弗雷德，绞索准备好了吗？

当然。

一圈人当中，一个男人向前一步走了出来，手里拿着一卷油腻腻的钢丝编缆。

你去把那只胳膊捆上。有没有人车上有绳子的？

我有一条。

欧内斯特，问问他那方面的情况。

嗨，欧内斯特。

那个男人转向巴拉德，问道：你对那些死去的女士做了什么？你有没有强奸她们？

火光的映照下，巴拉德的脸突然轻微地抽搐起来，显得十分滑稽，但他仍旧什么也没有说。他看了看周围这些打算折磨他的人。手拿钢缆的男人已经将一部分缆绳在地上铺了开来。缆绳的一端弯成一个圈，绳子从圈中穿过，就像一个巨大的捕兔套。

你知道他肯定干了，拿缆绳的说道，直接把他套上吧。

有人拿了条绳子在巴拉德的独臂上比画起来。钢缆套上了他的脖子，落在肩膀上。凉冰冰的，还带着机油的味道。

靠着他人的帮助，他踩着防滑的垫木，朝山上的锯木厂走去，每一步都踏得小心翼翼。篝火照在这群人身上，在山坡顶上将他们串联成一出粗制滥造的皮影戏。巴拉德脚下一滑，但立刻就被拎了起来，继续被人搀扶着前进。男人们排成了一个八乘八的方阵，站在锯末坑的上方。其中一个人被人抬着，把缆绳松开的一端挂到了头顶的横木上。

他们没要他吧，欧内斯特？我可不希望他被蒙在鼓里。

我觉得他够警惕。

巴拉德把头伸向刚才讲话的男人，说道，我告诉你们。

告诉我们什么？

她们在哪里。那些尸体。你说过，要是我说实话，你们就会放了我。

那你最好赶紧说。

她们在山洞里。

山洞里。

我把她们放在了山洞里。

你能找到她们吗？

当然，我知道她们在哪儿。

巴拉德进到中空的岩石里，那里曾经是他的家，跟着来的有八到十个男人，全都拿着灯笼和手电。其余的人在洞口生了一把火，坐在那里等结果。

那些人给了巴拉德一支手电，跟在他的身后下到洞中。他们走过滴水的狭窄走道，又穿过了几个石室，地上四处林立着摇摇欲碎的螺旋状石笋，漆黑之中一道水流源源不断地在石头河床之上流淌。

他们手脚并用地在高高低低的岩层上爬行，终于来到了一条狭窄的山谷。巴拉德不时地停下来整理他的裤腿，他的随从们则感到有些惊讶。

你见过这么牛逼的地方吗？

小时候我们会到这些古老的山洞里来闲晃。

我们也是，但我从来没见过这种地方。

巴拉德突然停住了。他用一只手平衡住身体，叼着手电就攀上了一条岩架。他顺着岩架继续往上爬，脸紧紧地贴在山壁上，光溜溜的脚趾像猿猴一样抓住岩石，缓缓地爬过了岩壁中的一条细缝。

他们眼睁睁地看着他爬走了。

该死，要是这儿没有这么个讨厌的小洞就好了。

我现在在想，就算是找到了尸体，我们要怎样把她们运出来？

来个人去上面照明，我们撤。

埃德，到这里来。拿好灯。

领头的男人也顺着岩架爬到了上面的洞旁，他侧过身，又弓起背。

把灯给我。

怎么了？

该死。

什么情况？

巴拉德！

巴拉德的名字在洞中回荡，逐渐湮灭在一连串浸微浸消的回声中。洞里空无一人，他早已逃之夭夭。

汤米，怎么了？

这个狗娘养的。

他在哪儿？

上帝啊，他跑了。

好吧，我们去追他。

我过不去这个洞。

好吧，去他妈的。

谁的个子最小？

我想是埃德。

到这儿来，埃德。

他们又抬了一个男人上来，他试着将身子挤进洞里，却没能成功。

你能看见他的灯，或者别的什么吗？

不能啊，妈的，什么鬼东西也看不见。

谁去把吉米叫来。他能从这儿过去。

借着手电发出的白色强光，他们环顾四周，互相看了看聚在这里的人们。

糟了。

你知道我在想什么吗？

见鬼，肯定跟我一样。有没有人记得我们是怎么进来的？

哦，该死。

我们最好待在一起。

你说这个洞会不会还有一个入口，然后他从那边进去了？

我不知道。你说我们该不该留个人在这边守着？

我们可能永远也找不到她们了。

确实很有可能。

我们可以在这个角落留一盏灯，就像有人在这边看着一样。

好吧。

巴拉德！

你这狗娘养的小杂种！

见鬼去吧，我们走。

谁来带个路？

我想我能。

好的，你走前面。

那小杂种该不会把咱们当白痴耍了吧，去他妈的。

我觉得他也是走一步看一步。我都等不及把这里的情况告诉外面的小伙子啦。

也许我们应该挑个人出来，看谁有这个运气去给大伙讲讲来龙去脉。

小心你们的脑袋。

你明白我们干了什么，不是吗？

嗯，我明白我们干了什么。我们从监狱里救了那个小杂种，然后让他跑了，这样他就又能出去杀人了。这就是我们干的事。

确实如此。

我们会抓到他的。

没准儿是他会抓到我们。话说你还记得进来的路吗？

我啥都不记得，我就是跟着前面的人来的。

进来之后，巴拉德在洞里摸索了三天三夜，一心想要找到别的出口。他感觉已经过了一个星期，惊讶于手电的电池竟然可以撑这么久。他开始陷入小睡—醒来—前进的循环模式。他找不到别的东西，只能睡在石头上，所以回回都睡得很短。

电池快耗尽的时候，他把手电在自己的腿上轻轻磕了磕，想要那黯淡的橙色光线亮起来。他取出电池，又按照相反的前后顺序把它们塞回去。有一次他听到身后某处传来些许声音，还有一次他觉得自己看到了一道光线。他摸着黑朝光源挪去，却又担心那会是敌人们的灯光，可最后什么也没有发现。他跪在地上，喝了些水池里溢出的水。他休息了一会儿，又喝起水来。借着手电的微弱光线，他看到石头底的浅池里有一群半透明的小鱼在游来游去，云母般纤弱的躯壳下透出了骨架的阴影。他站起身，水在空空的肚子里晃动着。

他四肢乱扒，像只老鼠似的爬上了一条滑溜溜的长泥坡，进到一个堆满尸骨的长条形房间。巴拉德踢着地上的废墟，绕着这座古老的骨瓮转了一圈。表面上坑坑洼洼的棕色骨架是野牛和驼鹿的。这是一只美洲豹的头骨，他从里面撬出一颗残存的上颌犬牙，放进了工装裤的上身口袋里。当天，他还去了一处陡峭的悬崖，就在他试着用它查看情况时，它顺着潮湿的岩壁掉了下去，消失在虚无和夜色之中。他找到一块石头，从悬崖边丢了下去，结果它落下去时一点声音也没有。坠落。悄无声息。就在巴拉德转身去拿另一块石头准备再试一次时，他听到底下远远地传来了石头入水的轻微声音，就像是往井里丢了颗卵石。

最后他来到了一间小石室，一束日光真真切切地从头顶斜射下来。直到这时，他才突然醒悟，自己有可能已经趁夜穿过了某些通往地上世界的洞口，只是没有察觉而已。他把手伸进上方的缝隙，在土里又是抠又是扒。

醒来时，天已经黑了。他四下摸索，找到手电，按下了开关。灯泡里淡红色的灯丝亮了起来又慢慢熄灭。巴拉德躺在黑暗中聆听周围，但他唯一能听到的声音就是自己的心跳。

清晨，光线穿过缝隙勾勒出他模糊的轮廓，在岩石窟窿的堡垒中，疲惫的囚徒看上去罪孽深重，他承认自己犯下了亵渎众神的重罪，但你也许会说他这想法只对了一半。

一整天他都在努力地刨挖洞穴，要么用一块小石头，要么干脆用手。其间，他睡了干又干了睡，如此反复。有时他会去翻那布满灰尘的动物巢穴遗迹，在一堆骨头般坚硬的果壳中寻找一个完整的山核桃，这些果实里面长着旋涡形的管道结构，果肉早已被下嘴精准、牙齿如制帆针般卷曲的木鼠啃得干干净净。他什么也没找到，却也并不感到饥饿。他又睡着了。

夜里，他听到猎犬的动静，便向它们呼喊，可洞穴中自己声音的巨大回响让他充满恐惧，便再也不敢出声了。他听到老鼠在黑暗中飞快地跑动。也许它们也会在他的头颅中做窝，在他曾经放置大脑的叶状颅腔内生下它们光秃秃、吱吱叫的小崽子。他的骨头会被磨得像蛋壳一样光滑，骨髓腔里将有百脚蜈蚣休眠，他的胸肋会根根卷起，细长又洁白，如同深色的石碗内绽放出的一朵骨头花。他将会希望某个野蛮的接生婆能帮自己从这个岩石堡垒之中娩入人世，而他也确实起了这样的念头。

又到了早上，一张蛛网出现在他和天空之间。他抓起一把砾石，将它们抛上洞口，反复几次蛛网便消失得无影无踪。他费力地站起身，又开始刨洞。

再次醒来时他的头抵在岩壁上，石头工具还拿在手里，便又继续挖了起来。那天晚些时候，他撬松了一块薄薄的石板，任由它当的一声掉进洞里。在扳石板的时候他的手指被划开了口子，他坐在地上将手放进嘴里，泥土的霉味和鲜血特有的铁锈味混在一起。干燥的泥土不断从洞口往外掉落。他能看到刺向天空的树枝了。

巴拉德又爬上去工作，现在洞口都是些实打实的石头了，他开始用大一点的石块撬挖，岩层在敲打之下纷纷剥落。天黑前，他把头伸出地面，向外面看去。

他看到的第一样东西是一头奶牛。它在一片田野之中，离他上来的林子差不多有一百英尺的距离。奶牛上方是一个谷仓，谷仓上方则是一座房子。他盯着那房子，想找到生命活动的迹象，却一无所获。他放低身子，退回到洞中休息起来。

距离入夜已经过去了好几个小时，天也变得漆黑，他终于完全从地下爬了出来。远处房子的下方闪烁着点点灯光。他在群星之中寻找某种指引，但天空是一副陌生的样子，叫他不敢相信。他穿过树林，爬过一道篱笆，又穿过一片田地，来到了一条路前。他从未来过这个地方。看到上坡路是往山里去的，他便选了另一个方向蹒跚而行，步子虽说无力却还能前进，这个夜晚宜人得尽乎人意，空气中散发出忍冬绽放的淡淡香气。他已经五天没有进食了。

他还没走多远，一辆教堂的班车便映入眼帘。巴拉德快步跑进路边的草丛，趴在那儿注视着外面的情况。班车咣当咣当地驶过。所有的灯都亮着，窗玻璃上映出车内人的侧脸，一张张从他面前经过。最后一排的座位上坐着一个小男孩，他正把鼻尖贴在玻璃上透过窗户往外看。车外什么也没有，但他还是一直看着。当他经过时，他盯住了巴拉德，巴拉德也回看他。班车很快就拐过了弯道，咣当咣当地从视线中消失了。巴拉德爬到路上继续前进。他试着在脑海中回想自己究竟在哪里见过那男孩，却突然意识到他长得像他自己。这让他有些烦躁，便拼了命要将玻璃中的那张面孔从记忆中驱散，可它就是挥之不去。

等到了高速路，他便越过路面走到了对面的田野里。地面刚刚翻过，满是土块，他跌跌撞撞地走完这段路，终于来到了河边。河边的树林里挂满了涨潮时冲来的垃圾和废纸，树干上糊满了淤泥，伸向天空的树枝里则卡着一团团缠绕在一块的废品杂物。

就在他快要到达小镇的时候，鸡叫了。它们也许已经感觉到即将从夜之昏暗中得到解脱，而眼前这位旅人却浑然不觉，还在不住地往东方眺望。或许是空气里有些新鲜的味道吧。它们的鸣叫响彻了这片沉睡大陆的每个角落，彼此遥相呼应。此时宛如过去，此地好似他乡。

破晓时分，他现身于县医院的接待处。夜班护士刚去大厅端了一杯咖啡回来，就发现巴拉德靠在柜台上。这人形同野草，只有一只手臂，身体包裹在一条肥大的工装裤里，身上到处都是红色的泥土。他的眼珠深陷，眼神蒙眬。我该在这里的，他说道。

他从未遭到任何罪名的指控。他被送往诺克斯维尔的州立医院，关在一只笼子里。在他隔壁的第二间住着一位精神错乱的绅士，他从前常常打开人们的头盖骨，用勺子舀出里面的脑浆食用。巴拉德不时能看到他，因为他们都会被带出去放风，但他跟疯子没什么好说的，而且疯子长久以来也都只是沉默地背负着自己的滔天罪行。笼子金属门的搭扣上用一把折弯了的勺子做了加固保险，有一次巴拉德问起这勺子是不是隔壁疯子用来吃人脑的那只，没有人回答他。

一九六五年四月，他感染了肺炎，随后便被转到大学附属医院接受治疗，身体也得到了显著的恢复。他被送回了里昂斯维尤的州立医院，只待了两个早上就被发现死在了笼子的地板上。

他的尸体被运到孟菲斯的州立医学院。在地下室的房间里，他被浸入福尔马林中保存，又与其他刚刚运到的死者一起被推进停尸间。后来他被摆在一张平台上剥皮，取出内脏，解剖。他的头被锯开，大脑被取走。他的肌肉被从骨架上分离。他的心脏被掏出。他的肠子被拽出体外，供人临摹，四个年轻的学生像古罗马的肠卜师那样俯在他身上，也许已经从那里的构造中预见到更多更恐怖的怪物的逼近。三个月后，就在课程结束的时候，巴拉德被从台子上刮进一只塑料袋里，和其他同类一起被带到城外的一座公墓安葬。学校派去了一名牧师，为他们念了一段简单的祷词。

同年四月的一个夜晚，一位名叫阿瑟·奥格尔的农民正在山上耕地，突然手中的犁被不知什么东西拖走了。他赶忙去看，原来是拉犁的那几头骡子掉到地底下去了，连带着犁具也都一并消失了。他小心翼翼地爬到那个地方，发现地面已经吞没了它们，下面黑咕隆咚的，什么也看不见。一阵凉风从地下吹出，远远地能听到下方有水流动的声音。

第二天，邻家的两个男孩系着绳子下到了塌陷的洞里，他们没找到骡子，却发现了一个小石室，里面的岩架上搁着不少具人的尸体，通通摆成了安睡的姿势。

那天傍晚，塞维尔县的警长带着两名副警长以及另外两个男人穿过了这片田地。他们把车停在了威利·吉布森那家老式枪支铺前，然后下车步行，先是涉过溪流，又走上了一条老筏道。他们带来了灯笼和一卷卷的绳子，还有一些用平纹细布制成的裹尸布，上面印着“田纳西州公共财产”的字样。塞维尔县的警长亲自下到了坑洞里，调查了这座陵墓。那些尸体浑身都是尸蜡，这是存放在潮湿环境里的尸体常见的一种发霉现象，通常是浅灰色，还带着一股干酪的味道，尸体上长出一片片扇形的浅色菌类，和森林里腐烂树干上的一模一样。洞内弥漫着一股酸味，一股氨气挥发时的轻微臭味。警长和副警长们用绳子做了一个活扣，先将它套在第一具尸体的上半身上，再把绳子拉紧。他们把她从石板上拽了下来，沿着地面拖过了石室和地道，来到日光能照到坑洞壁的地方。一束光线从洞口斜射下来，他们站在飘浮的灰尘中间，喊上面的人放根绳子下来。等绳子到了，他们把它和尸体上的绳索系在一起，再叫上面把绳子拉上去。随着绳子的逐渐绷紧，第一位死者从洞窟的地面上坐了起来，在她的头顶上方，提绳子的手如傀儡师般操纵着影子。一团团肥皂似的灰色物质从死尸的下巴上落下。她摇摇晃晃地往上升，躯干被绳索勒得皮开肉绽。突然，一坨灰色的黏液从尸体上滴了下来。

夜间，一辆吉普车沿着筏道开下山来，拖车里躺着七具用细布包裹的尸体，像是七条巨大的火腿。他们从山谷中出来时，夜幕刚刚降临，几只还在晒太阳的夜鹰张开了野性的翅膀，扑棱着路上的尘土在他们面前起飞，车灯打在它们身上，映出了一只只宝石般的赤瞳。

译后记

理想国邀请我翻译《上帝之子》的契机是我当时恰好在英文期刊上发表了一篇关于这部小说的论文，我的师弟、《血色子午线》的优秀译者冯伟博士看到了这篇论文，也知道理想国正在计划出版麦卡锡中文版全集，便向出版社推荐了我，在此对他表示感谢，毕竟能够翻译自己研究作家的作品对许多学者来说实在是梦寐以求的事情。

不过，翻译麦卡锡的作品，对我来说并不是一件容易的事。文中充满了晦涩的语汇、无标点的长句和地域性的方言土话以及由它们所营造出的极简主义文风、狂欢化的场面和后现代的哲学沉思，之前在读原著时可以意会的地方在翻译时都变成了真实的难题。这本小书我译了两遍，但即便是反复地查阅资料和词典，也必有难以言传之处，唯恐译不出麦卡锡的神韵而伤害到书迷们的感情。还请各位读者多多批评指正，通过构建阅读共同体形成对麦卡锡作品更准确、更丰富的阐释。

说到底，一个译本的出版并不意味着阅读的终结，而是由此打开了一个通道，使得作品能够以更加开放的姿态进入到更广阔的大众视野中去，从而获得更多的生机和活力。在半个多世纪的创作生涯里，麦卡锡始终认为人类的生活充满了不确定性，而世界永恒地处于生成变化之中，同理，我想这个译本今后的命运大抵也会是如此，着实令人期待。

《上帝之子》是麦卡锡的第三部长篇小说，出版于 1973 年，但实际上早在 1966 年 1 月他就已经酝酿出了故事大纲，据说是取材于真实的新闻事件，但也并无可靠证据。小说以 20 世纪 60 年代的美国田纳西州塞维尔县为舞台，在故事情节方面显得有些离经叛道，其中涉及的一些犯罪行为很容易使人们将它与通俗文化中的 B 级片、恐怖小说归为一类。据麦卡锡的第二任妻子安妮 · 德利勒回忆，他在创作过程中备受煎熬，他总是要在写作结束之后洗一个澡，仿佛要洗掉所有写下的骇人听闻的文字，接着他会表示该来一杯鸡尾酒了。

可惜的是，小说自问世以来备受争议，毁誉参半，销量也一塌糊涂。主人公莱斯特·巴拉德被公认是美国当代严肃文学中最令人厌弃的罪犯角色之一，他的残忍变态招来了读者对这部小说的憎恶和嫌弃。1974年初的《纽约时报》称这部作品“用词艰涩，场面令人作呕，无病呻吟，不管多么努力地想要呈现作品的悲剧性，最后却实在令人郁闷”。2007年得克萨斯州，一位高中英语教师因为将该书布置给学生阅读而遭到了家长的愤怒投诉，还被吊销了教师执照。

与此同时，也有不少人从这部作品中看到了麦卡锡的文学才华和可塑性，他们对他的创作表示支持和肯定，甚至有人积极地为作家辩护，像《大西洋月刊》的一位文学评论员就曾愤愤地为他打抱不平，称既然小说中那些充满罪孽的字眼在世间都能找到指称对象，它们便“没有理由不能成为一部小说的主题”。1974年8月，《纽约客》分析《上帝之子》在风格和角色塑造方面表现出来的特点是麦卡锡有意识的艺术选择的结果，并称他是一位“前途未可预知且常被误解”的小说家。《新共和》杂志认为，《上帝之子》勇于挑战传统美学范畴，带来了“难忘的阅读体验”，麦卡锡在小说中成功地营造了深深的悲剧感，并在悲剧的中心合理地融入了黑色喜剧，就像是“福克纳之子”。这层文学继承关系在这以后就常常被人们提及。还有评论家宣布“美国南方找到了一个强有力的新声音，南方山区那种古怪生活前所未有地用一种精确的悲剧性中提炼出来”。

针对这种争议，我认为，作为南方题材的小说，《上帝之子》显然是沿袭了南方文学中的哥特传统，谋杀、尸体、怪物和神秘的自然元素不过是其中司空见惯的叙事母题与美学手段，与19世纪美国文学中的暗黑浪漫主义一脉相承，无可厚非。小说没有以猎奇为噱头大肆渲染犯罪细节，也少有鲜血四溅、开膛破肚的视觉刺激，而是以冷静冷酷的姿态带给读者不寒而栗的阅读体验。即使是在处理与尸体同居这样的情节时，麦卡锡却仿佛在写普通人家的日常生活，例如不遗余力地描写莱斯特在搬运、摆放她们时每个笨拙却饱含真诚的动作，这些文字非但不是恐怖，反而透露出些许黑色幽默的意味，为小说增添了复杂的深意。

在这部小说中，麦卡锡延续了上两部小说对人性的思考，通过描绘人类生活最污秽的阴暗面来探究恶之本质，探讨人性所能堕落的极限和原因。他写莱斯特的故事，却志不在此，而是在小说初始就直截了当地告诉读者，莱斯特是“一个上帝的孩子，多半和你一样”，由此邀请读者走进角色的生存空间，去见证和体验他的困境，参照莱斯特的结局审视自己内心的选择。

需要强调的是，纵观整部作品，麦卡锡从未试图为莱斯特的罪恶辩护，他从不描写莱斯特的心理活动，而是引导人们集中从身份和环境的角度理解这个怪物的诞生，进而关照自身，为现实生活提供有益的警示和启发。

从这个意义上讲，《上帝之子》表面上讲个体犯罪，实质上是在细致地揭露二十世纪中期美国南方社会现实中的问题，特别是在被北方工业文明、资本主义商品经济和消费文化侵蚀之后该地区的社会结构和价值取向都发生了根本性的改变，无法适应变化的个体逐渐被边缘化，急于摆脱身份焦虑和自我建构所带来的压力而容易误入歧途。麦卡锡笔下的莱斯特是一个二十七岁的穷白人，幼时被母亲抛弃，父亲后来又悬梁自尽，缺少家庭教导使他从登场就显得粗鲁怪异。他原先的家是典型的阿巴拉契亚山区孤立式小农场，还维持着独立于金钱关系和大规模土地投机的旧南方模样，但到故事开始之际这块土地却因为赋税问题被县里收回用以公开拍卖。麦卡锡通过一场热闹非凡的土地拍卖会再现了当时美国南方房地产业繁荣发展的盛况，而这种现象背后的本质是传统农业经济的衰退以及新南方工商业的进步、人口与消费需求的增加和城市化的发展。土地的使用和居住价值让位于投资价值，突出了资本在南方的崛起，占有私产成为进入社区、参与社会的条件，地方因资本出现封闭和隔离的特征，影响并决定了社会公平正义的评判标准。

莱斯特试图以武力阻挠拍卖却遭到了众人的殴打，头部也被斧子敲伤。他成为了无家可归的流浪汉，靠打猎、偷盗和赊账苟且生存，日常遭到当地居民的鄙视和戒备。孤独寂寞，加上正值年轻气盛，莱斯特常常躲在路边偷看青年男女在车上亲热，不料却遇上一起意外死亡事故，面对一对裸体男女的尸体，他的心中涌起了一些邪恶的念头。莱斯特从此开始了疯狂的堕落，他的后半生直至死后都变得非同寻常。同所有其他作品一样，《上帝之子》也强调了选择在个体成长及其命运发展中的重要作用，它并非瞬间的决定，而是会在很长的未来里使个体承担起相应的责任和后果。

在这一问题上，我认为，《上帝之子》在麦卡锡系列中是独一无二的，当其他主人公都在义无反顾地逃离家庭、远离社会时，莱斯特却迫切地想要融入地方社会。这种心态首先反映在他的偷窥行为上，从最初偷看拍卖会到后来窥探他人隐私，偷窥俨然成为莱斯特日常生活的固定活动，它不是单纯的秘密观看，而是饱含了孤独个体对公共交往和身份认同的好奇和渴望，视觉被用以区分认可与排斥的边界，并激发除了想要被接纳的焦虑。从莱斯特的偷窥对象来看，年轻男女关乎性、爱欲和情感，而买下他家农场的格里尔老人则代表了土地、家族和家园，两者都是关于归属感的感知与诉求。作为局外人，莱斯特试图以偷窥的方式理解和学习地方社会运作的规则，这其中的荒诞性决定了他所接受的信息在很大程度上都是片面和主观的，误导了他后来的行为模式。

偷窥衍生出模仿的欲望，譬如用尸体作为道具，摆放出家庭邻里的生活场景，好像她们聚集在一起等待和迎接他的到来。这里奇怪的是，尽管被人类社会驱逐、被自然世界接纳，尽管在自然之美的感染下他那颗被世间冷漠冻结的心灵有所融化，他仍然更加向往井然的社会秩序，而不是原始野性的自然。更确切地说，他情愿贯彻现有的地方理性，回到充满物欲、竞争和暴力的原社会中去，也不愿意留在荒山野林中开辟新的道路，而在麦卡锡的其他小说里主人公往往不惜一切代价也要挣脱令人窒息的家庭与社会空间，去混沌原野上闯出一片属于自己的天地。

与孤胆英雄们理想幻灭甚至牺牲生命的结局相比，莱斯特不仅在累累罪行下活了下来，还以一种奇特的方式实现了重返社会的愿望。他被终身监禁在精神病院里，直到病逝。他的尸体被送往医学院供学生解剖研究，这个不断开发新的尸体、还用尸体制作生活标本的人，最终自己也成为了一具被开发的尸体和标本，被贬损为物品之后才在这个被资本主义商品经济浇灌出拜物情结的新南方社会中找到了容身之处。他甚至还在本地得到了体面的安葬，并且作为地方传说，通过口口相传永恒地留存在集体记忆之中。可以说，《上帝之子》补充并完善了麦卡锡系列关于生命价值的表达，莱斯特的存在为其他主人公提供了反面对照，使他们变得更加可信可敬起来。作为读者，在看到那些同样是流浪在外的人们选择奋不顾身地走向未知的明天，我们便无法再开口谴责他们不谙世事，因为在面对是荒诞的活还是有尊严的死这样的问题上，人们对莱斯特的本能恐惧已经使他们的答案不言而喻。

在叙事技巧方面，麦卡锡没有完全沿用前两部作品中的全知第三人称叙事，而是进行了不断地转换，主要体现在第一人称和第三人称的切换。第一人称叙事者大多没有名字，但从讲话的内容和方言俚语推断应该是当地居民，他们讲述了自己记忆和印象中的莱斯特，使我们对他的过去和现状有了一定的了解，也能从中感受到他们对莱斯特的态度和立场。这些人叙述的目的和场景并不确定，有时像是在聊天，有时又像是在接受采访或调查，但都以口述的方式延续了莱斯特在地方社会的存在和影响。从时间上看，这些讲述的发生贯穿了从莱斯特扰乱拍卖会被打到他死后藏匿的尸体被发现为止，使人物原来扁平的形象变得立体，也为疏离孤独的个体生活增添了社会维度，为小说更好地反映现实提供了语境。当然，小说整体上仍是以全知第三人称叙述为主，叙述声音冷静清晰，语言节奏较快，简洁明了，与前两部比更多大白话，句子也更加朴实。这些风格特点是我在翻译本作时不断提醒自己要努力再现的。

总的来说，《上帝之子》是麦卡锡系列中非常特别的一部，篇幅短却值得深思。它不是一部以恐吓为目的的肤浅之作，而是有在严肃地传达作家反思社会现实和思考自我建构的文学创作意图。尽管写作的年代较早，我们已经能够在这部作品中窥见构成麦卡锡创作成熟期作品内核的那些道德信条和人性观念。长期以来，国内出版麦卡锡作品总是直接跳到《血色子午线》以及之后的那几部小说，对包括《上帝之子》在内的“南方四重奏”置若罔闻，这其实并不太利于理解麦卡锡这样一个在创作主题和思想上有鲜明延续性的作家，特别是他自小在美国南方长大，价值观、文化视野和审美情趣都深受地域的影响，而这些最终都直接地反映在他的南方题材小说里，不应当被忽视。

因此，特别感谢理想国填补这个空白，目前国内的麦卡锡研究正在升温，相信此次中文全集的出版能够使更多读者关注到这位美国当代文坛的天才作家，并且在中国视野下阅读阐释他的作品也势必能够对作家作品的经典化产生积极的作用。

杨逸

2019 年 1 月 16 日

图书在版编目(CIP)数据

上帝之子 / (美) 科马克・麦卡锡著 ; 杨逸译 .
—郑州 : 河南文艺出版社 , 2020.7

ISBN 978-7-5559-1006-0

Ⅰ . ①上… Ⅱ . ①科… ②杨… Ⅲ . ①长篇小说—美国—现代
Ⅳ . ① I712.45

中国版本图书馆 CIP 数据核字 (2020) 第 093377 号

上帝之子
[美] 科马克・麦卡锡 著　杨逸 译

选题策划　陈　静　俞　芸
特约策划　李恒嘉
责任编辑　俞　芸
特约编辑　冯　婧
责任校对　丁淑芳
装帧设计　邵　年 | XYZ Lab
内文制作　陈基胜

出版发行　河南文艺出版社
本社地址　郑州市郑东新区祥盛街27号 C座 5楼
邮政编码　450018
承印单位　山东德州新华印务有限责任公司
开　　本　1230毫米 × 880毫米　1/32
印　　张　6.875
印　　数　1—8,000
字　　数　113 000
版　　次　2020 年 7 月第 1 版
印　　次　2020 年 7 月第 1 次印刷
定　　价　54.00元